हिन्द पॉकेट बुक्स

सफलता के सोपान

जेम्स ऐलन एक ब्रिटिश दार्शनिक लेखक थे, जो अपनी प्रेरणादायक पुस्तकों और कविताओं के लिए सारी दुनिया में प्रख्यात हैं।

इंग्लैंड में लीसेस्टर में एक श्रमिक वर्ग के परिवार में जन्मे ऐलन दो भाइयों में सबसे बड़े थे। उनकी मां न तो पढ़ सकती थीं और न ही लिख सकती थीं। उनके पिता विलियम, एक फैक्ट्री के मालिक थे। लेकिन उनके व्यापार में घाटा हो गया और इस परिवार को आर्थिक तंगी से जूझना पड़ा। ऐसे में जेम्स ऐलन को कम उम्र में ही संघर्ष करना पड़ा और संघर्ष की दास्तान और उसके सबक को लेखनीबद्ध करने के कारण ही वे उत्कृष्ट साहित्य की रचना कर पाए।

सफलता के सोपान

जेम्स ऐलन

हिन्द पॉकेट बुक्स
पेंगुइन रैंडम हाउस इम्प्रिंट

हिन्द पॉकेट बुक्स

यूएसए। कनाडा। यूके। आयरलैंड। ऑस्ट्रेलिया। सिंगापुर
न्यू ज़ीलैंड। भारत। दक्षिण अफ्रीका। चीन

हिन्द पॉकेट बुक्स, पेंगुइन रैंडम हाउस ग्रुप ऑफ़ कम्पनीज़ का हिस्सा है,
जिसका पता global.penguinrandomhouse.com पर मिलेगा

पेंगुइन रैंडम हाउस इंडिया प्रा. लि.,
चौथी मंजिल, कैपिटल टावर -1, एम जी रोड,
गुड़गांव 122 002, हरियाणा, भारत

पेंगुइन
रैंडम हाउस
इंडिया

प्रथम संस्करण हिन्द पॉकेट बुक्स द्वारा 1994 में प्रकाशित
यह संस्करण हिन्द पॉकेट बुक्स में पेंगुइन रैंडम हाउस द्वारा 2022 में प्रकाशित

10 9 8 7 6 5 4 3 2

ISBN 9789353495480

मुद्रकः रेप्रो इंडिया लिमिटेड

www.penguin.co.in

FSC www.fsc.org
MIX
Paper from
responsible sources
FSC® C047271

This is a legitimate digitally printed version of the book and therefore might not have certain extra finishing on the cover.

क्रम

पहला सोपान

ठीक शुरुआत

हमारे पंख नहीं है, इसलिए हम उड़ तो नहीं सकते
किन्तु हमारे पांव है, जिनसे हम कूद-फांदकर ऊचे चढ़ सकते हैं।
– लांगफेलो

जीवन में हम हर रोज़ और हर घड़ी कई नई बातों का श्रीगणेश करते हैं। बहुत-सी शुरुआतें छोटी होती हैं और वे हमें देखने में तुच्छ और साधारण मालूम पड़ती हैं, पर वास्तव में उनका जीवन में बहुत महत्त्व होता है।

तनिक देखिए कि इस भौतिक जगत् में प्रत्येक वस्तु अपने मूल रूप में कितनी छोटी होती है! बड़ी से बड़ी नदी अपने उद्गम-स्थान पर जल की एक पतली-सी धारा होती है, जिसे एक टिड्डा या पतंगा भी फांद सकता है। वर्षा की छोटी-छोटी बूंदें बड़ी-बड़ी बाढ़ों का रूप धारण कर लेती हैं। विशाल से विशाल वटवृक्ष, जोकि हजारों वर्षों के आंधी-तूफानों को झेल जाता है, एक समय एक बीज-मात्र था। और जलती हुई दियासलाई की सींक यदि कहीं असावधानी से गिर जाए तो नगर-भर को आग से जलाकर

भस्मीभूत कर सकती है।

इसी प्रकार आत्मिक जगत् के बारे में भी तनिक विचार कीजिए; देखिए, इस क्षेत्र में भी, कितनी महानतम चीजों का आरम्भ अत्यन्त लघु रूप में हुआ है। एक सामान्य–सी कल्पना से किसी अद्भुत आविष्कार अथवा कला की किसी अमर कृति का समारम्भ हो सकता है; मुख से निकला एक वाक्य इतिहास की दिशा बदल सकता है; एक पवित्र विचार से संसार-भर का संस्कार करनेवाली शक्ति संचालित की जा सकती है। और पशुत्व का एक क्षणिक आवेग मनुष्य को घोरतम अपराध की ओर धकेल सकता है।

क्या अब आप कार्य की शुरुआत के महत्त्व को समझ पाए हैं? क्या आप दरअसल जानते हैं कि काम की शुरुआत में क्या-क्या बातें शामिल हैं? आप नित्यप्रति जो-जो कार्य आरम्भ करते हैं क्या आप उनकी संख्या और उनका महत्त्व जानते हैं? यदि नहीं जानते तो थोड़ी देर के लिए मेरे साथ हो लीजिए और सुख अथवा सफलता के इस पहले सोपान के बारे में विचार कीजिए।

प्रत्येक काम की शुरुआत का कोई न कोई कारण होता है, और इसी प्रकार उसका कोई न कोई परिणाम, अथवा परिणामों की श्रृंखला भी सामने आती है। और जैसा जिस प्रकार का कारण होता है, वैसा ही उसका परिणाम होता है। हमारी मूलभूत प्रवृत्ति जिस प्रकार की होगी, उसके परिणामों का स्वरूप भी सदा उसीके अनुरूप होगा। एक शुरुआत भी किसी समाप्ति, सफलता, उपलब्धि या उद्देश्य–प्राप्ति की पूर्वसूचक होती है। एक द्वार एक मार्ग की ओर ले जाता है, और एक मार्ग किसी विशेष ध्येय की ओर; इसी प्रकार कार्य की एक शुरुआत परिणामों की ओर ले जाती है और परिणाम पूर्णता की ओर।

कुछ शुरुआतें अच्छी किस्म की होती हैं और कुछ बुरी किस्म की; और उनके प्रभाव भी अपनी-अपनी प्रकृति के अनुरूप ही होते हैं। आप अच्छे विचारों के द्वारा बुरी शुरुआतों से बच सकते हैं और अच्छे कामों को आरम्भ कर सकते हैं; और इस प्रकार दुष्परिणामों से बचे रहकर सुखद परिणामों का आनन्द-लाभ कर सकते हैं।

हमें कुछ ऐसे भी कार्य आरम्भ करने पड़ते हैं जिनपर आपका कोई

बस अथवा अधिकार नहीं होता। वे या तो प्रकृति के अधीन होते हैं अथवा दूसरे के अधीन, जोकि आपके समान ही कोई कार्य करने में स्वाधीन होते हैं।

इस प्रकार की शुरुआतों के बारे में चिन्तित न होइए। बल्कि अपनी शक्तियों एवं चित्तवृत्तियों को इन कामों के श्रीगणेश में लगाइए जिनपर आपका पूरा नियन्त्रण और अधिकार है, और जिससे कई प्रकार के जीवनदायी रहस्यमय परिणाम उभरकर सामने आते हैं।

सुखी जीवन की प्राप्ति के लिए सबसे सरल कार्यारम्भ, जिसे हम सब प्रतिदिन करते हैं, वह है–हरेक दिन की गतिविधि की ठीक शुरुआत।

आप अपना हरेक दिन कैसे शुरू करते हैं? कितने बजे उठते हैं? अपने दैनिक कार्यों को कैसे प्रारम्भ करते हैं? नये दिन के इस पवित्र काल में आप किस मनःस्थिति से प्रवेश करते हैं? जीवन में आए महत्त्वपूर्ण प्रश्नों का समाधान आप हृदय में क्या करते हैं? आप देखेंगे कि सुख या दुःख बहुत कुछ इस बात पर आधारित है कि आप दिन का श्रीगणेश ठीक विधि से करते हैं या गलत विधि से। जब हरेक दिन बुद्धिमत्तापूर्वक शुरू किया जाएगा तो परिणामों का सुखद एवं आनन्ददायक सिलसिला बनता चला जाएगा और कुल मिलाकर जीवन सुखद एवं सफलता की दृष्टि से दरिद्र नहीं रह पाएगा।

दिन का सबसे पहला, उचित एवं महत्त्वपूर्ण श्रीगणेश है–मुंहअंधेरे उठना। चाहे आपको काम-काज पर जाने के लिए देर से उठना बाधक न हो तो भी उचित यही है कि आप जल्दी उठने का नियम बना लीजिए। और सुस्ती से दृढ़तापूर्वक पिण्ड छुड़ाकर दिन की शुरुआत कीजिए। यदि आप अपना हरेक दिन लचर ढंग से शुरू करें तो आप अपनी आत्मिक, मानसिक एवं शारीरिक शक्ति का विकास कैसे कर पाएंगे? आत्म– आसक्ति का परिणाम अन्त में सदैव दुःख ही रहता है। जो लोग सवेरे देर तक बिस्तर में पड़े रहते हैं, वे कभी भी प्रफुल्ल, प्रसन्नचित्त और तरोताज़ा नहीं रह पाते। बल्कि ऐसे व्यक्ति चिड़चिड़ेपन, उदासीनता, कमजोरी और शारीरिक थकान एवं असाधारण भ्रांतियों और सभी प्रकार की निराशा-भरी चित्तवृत्तियों के शिकार रहते हैं..... बहुत-से स्त्री-पुरुष इस मामूली-सी काहिली से होने

वाले महान ह्रासों के प्रति बिलकुल बेखबर रहते हैं–मानसिक एवं शारीरिक शक्ति का ह्रास, श्री का ह्रास, ज्ञान का ह्रास और सबसे बढ़कर सुख–सुषमा का ह्रास।

सो, मुंहअधेरे उठकर दिन की शुरुआत कीजिए। यदि आपको सवेरे उठने की कोई आवश्यकता नहीं, तो भी कोई बात नहीं। जल्दी उठकर सैर के लिए निकल पड़िए और प्रकृति की सुन्दर लीलाओं का अवलोकन कीजिए। इस प्रयास के पुरस्कार में आपको हल्कापन, ताज़गी, प्रफुल्लता, और, कहना न होगा कि, मन को शान्ति तक प्राप्त होगी।

इस प्रकार दिन के पहले काम की शुरुआत ठीक हो जाएगी तो शेष काम भी ठीक रहेंगे। आप उत्साह से नाश्ता करेंगे, फुर्ती से घर के बाकी छोटे-मोटे काम निपटा पाएंगे, दृढ़ विश्वास की भावना के साथ दिन के फुटकर कामों अथवा कर्तव्यों को हाथ में लेंगे, और इस तरह आपका पूरा दिन अच्छी तरह से बीतेगा।

और एक तरह से देखा जाए तो हरेक नया दिन एक नये जीवन का समारम्भ हैं, जिसमें व्यक्ति नये संकल्पों और नये कार्यों को नये ढंग से, बुद्धिमत्तापूर्वक और अधिक उत्साह के साथ कर सकता है।

बीते हुए कल के पापों और त्रुटियों पर इतना अधिक ध्यान केन्द्रित मत कीजिए कि आप यह सोचने लगें कि आज क़ा दिन अच्छी तरह से बिताने के लिए आपमें शक्ति और सामर्थ्य ही शेष नहीं रही। और यह मत सोचिए कि बीते हुए कल के दोषों के कारण आप 'आज' का दिन अच्छी तरह बिताने में असमर्थ हैं। आज का दिन ठीक विधि से शुरू कीजिए, और अपने बीते हुए दिनों से प्राप्त अनुभवों के सहयोग से, आज के दिन को पहले से श्रेष्ठतर बनाइए। लेकिन शायद तब तक आप आज के दिन को बेहतर नहीं बना सकते जब तक कि आप उसको बेहतर ढंग से शुरू न करें। वस्तुतः पूरे दिन का स्वरूप इस बात पर अवलम्बित है कि दिन को शुरुआत किस प्रकार हुई है।

अब हाथ में लिए किसी विशिष्ट और महत्त्वपूर्ण काम के बारे में विचारिए। तनिक सोचिए, अगर किसीको एक मकान बनाना होता है तो वह पहले क्या करता है? जो इमारत बनानी होती है सबसे पहले वह उनका

नक्शा बनवाता है, और तब वह नक्शे के मुताबिक छोटी-छोटी बातों का बारीकी से अनुसरण करते हुए, नींव की ओर से मकान 'उसारना' शुरू करता है। यदि उसने शुरुआत की उपेक्षा की होती–अर्थात् यदि उसने मकान का नक्शा न बनवाया होता–तो उसकी सारी मेहनत बेकार जाती, और अगर उसकी इमारत बनते-बनते ही बीच में न ढह गई होती और पूरी हो गई होती, तो वह इमारत असुरक्षित और बेकार हो गई होती। यहीं नियम किसी भी महत्त्वपूर्ण काम पर लागू होता है–ठीक शुरुआत, अथवा पहली आवश्यकता है 'एक निश्चित काल्पनिक योजना, जिसपर निर्माण करना है।' प्रकृति के काम में न तो कहीं शिथिलता है न अव्यवस्था। वह अव्यवस्था को समूल नष्ट कर देती है; अथवा यों कहें कि अव्यवस्था अपने-आपमें सर्वनाश है। व्यवस्था, नियम और उद्देश्य–ये बातें सदा-सर्वदा के लिए और व्यापक रूप से हमारे जीवन में छाई रहती हैं; और जो व्यक्ति अपने कार्यव्यापार में इन अनिवार्य तत्त्वों की अवहेलना करता है, समझ लीजिए कि वह अपने-आपको सम्पन्नता, पूर्णता और सफलता से एकदम वंचित कर रहा है।

यदि एक व्यक्ति अपने मन में व्यवस्थित रूप से काम करने की योजना बनाए बिना कोई काम–धन्धा शुरू कर दे तो उसके यत्न अंटसंट एवं असंगत रहेंगे और वह अपने धन्धे में असफल हो जाएगा। जो नियम किसी भवन के निर्माण में अनिवार्य हैं, वे किसी व्यवसाय के निर्माण पर भी लागू होते हैं। एक निश्चित योजना के बाद अपेक्षित है–उस दिशा में उचित प्रयास; और उचित प्रयासों के बाद आएंगे सुखद परिणाम–ज्ञान, पूर्णता, सर्वांगीणता, सफलता और सुख के रूप में।

किन्तु न केवल यान्त्रिक और व्यावसायिक काम–धन्धे बल्कि सभी कार्य–(चाहे उनकी प्रकृति कुछ भी क्यों न हो) इस नियम के अन्तर्गत आते हैं। लेखक का ग्रन्थ, कलाकार का चित्र, वक्ता का वक्तृत्व, समाजसुधारक का सुधार–कार्य, आविष्कारक का यन्त्र, सेनानायक का अभियान–सभी कामों में, पहले सावधानी से मन में योजना बैठानी होती हे और तब फिर कहीं उसे कार्यरूप में परिणत करने के लिए काम का श्रीगणेश किया जाता है। इस प्रकार मन में बैठाई हुई मौलिक योजना अपनी एकता, संगठन और

पूर्णता के अनुरूप ही, क्रियात्मक रूप में काम की वास्तविक सफलता का रूप ग्रहण कर पाती है।

सफल व्यक्ति, प्रभावशाली व्यक्ति और आदर्श व्यक्ति वहीं हैं जिन्होंने दूसरी वस्तुओं के अलावा कार्यों की धुंधली शुरुआतों में छिपी हुई शक्ति के मूल्य को चीन्हा–पहचाना है, और उस शक्ति का प्रयोग किया है जिसे साधारणतया मूर्ख व्यक्ति पास से गुज़रते हुए भी बेमानी और महत्त्वहीन समझ बैठता है।

लेकिन सबसे महत्त्वपूर्ण पक्ष है, जिसपर अनिवार्य रूप में दुःख एवं कष्ट या फिर सुख एवं सफलता निर्भर है; तो भी जिसकी अत्यन्त उपेक्षा की गई है और जिसे बहुत कम समझा गया है, वह है उन विचारों के चिन्तन का श्रीगणेश जो हृदय की गहराइयों में से प्रस्फुटित होते हैं और कार्य-कारण से सम्बन्धित रहते हैं। आपका समग्र जीवन ऐसे ही परिणामों की श्रृंखला है जिसका मूल आपके विचारों में निहित है। सभी तरह के आचरण विचारों से जन्म लेते हैं और विचारों से ही नियन्त्रित होते हैं; सभी अच्छे-बुरे काम वस्तुतः हमारे अच्छे-बुरे विचार ही हैं, जोकि कार्यरूप में परिणत होते हैं।

धरती में डाला हुआ बीज एक पौधे या वृक्ष का श्रीगणेश है; बीज अंकुरित होता है, उगता है और प्रकाश में आकर बढ़ने लगता है और खूब विकसित हो जाता है। इसी प्रकार मन में उत्पन्न हुआ एक विचार कार्यों की एक श्रृंखला का समारम्भ है–पहले विचार मस्तिष्क में अपनी जड़ें जमाता है और तब क्रियाकलाप या कार्यों के रूप में प्रकाश में आता है और मनुष्य के 'चरित्र' एवं 'भविष्य' के रूप में विकसित हों जाता है।

घृणा, क्रोध, ईर्ष्या, लोभ से पूर्ण अपवित्र विचार गलत शुरुआतें हैं जोकि हमें दुःखद परिणामों की ओर धकेलती हैं और प्रिय, सभ्य, दयापूर्ण, स्वार्थहीन और पवित्र विचार ठीक शुरुआतें हैं जोकि हमें सुखद परिणामों की ओर ले जाती हैं। यह बात बिलकुल सीधी-सादी, स्पष्ट और बिलकुल सच है। फिर भी आश्चर्य यह है कि बहुत ही ज़्यादा इसकी उपेक्षा और टालमटोल की जाती है और बहुत ही कम इसपर ध्यान दिया जाता है।

विचार अच्छे या ठीक होंगे तो काम भी अच्छे होंगे, काम अच्छे होंगे

तो जीवन भी अच्छा होगा, और यदि जीवन–यापन अच्छी तरह किया जाएगा तो फिर कौन–सी सुख–सुविधा शेष रह जाएगी!

बुरे या गलत विचार प्रत्येक अवस्था में दुःखदायी होते हैं–जब मन में इनका बीजारोपण होता है तब ये दुःख देते हैं; जब ये पनपते हैं तब दुःख देते हैं और जब फलीभूत होते हैं तब भी दुःख देते हैं। इसके विपरीत अच्छे या ठीक विचार हरेक स्थिति में सुखदायी होते हैं–मन में जब इनका बीजारोपण होता है तब से सुख देते हैं, जब ये पनपते हैं तो सुख देते हैं और जब फलीभूत होते हैं तब सुख देते हैं।

इसलिए मनुष्य को जीवन में प्रत्येक कार्य का आरम्भ ठीक विधि से करने का यत्न करना चाहिए। ऐसे कितने ही काम हैं जिनको उचित रीति से आरम्भ किया जाना अत्यन्त आवश्यक है, और जिनकी खोज करके तथा जिनपर आचरण करके आप ज्ञान अथवा विवेक की दिशा में अग्रसर हो सकते हैं।

दूसरा सोपान

छोटे-छोटे काम

हमारे छोटे-छोटे कृत्यों में ही छिपी है
कुंजी, जो स्वर्गीय द्वार हमारे लिए खोलेगी
और मनुष्य देखेगा वह स्वर्गीय दृश्य
बहुत जल्दी नहीं—न बहुत देर में ही।

—गेटे

जिस प्रकार गलत शुरुआत से दुःख की और ठीक शुरुआत से सुख की प्राप्ति अनिवार्य है, उसी प्रकार छोटे-छोटे कार्यों एवं कर्तव्यों के साथ दुःख अथवा सुख अपनी-अपनी प्रकृति के अनुरूप, पूरी तरह बंधे हैं। किसी कर्तव्य के पालन में स्वयमेव सुख या दुःख देने वाली कोई शक्ति निहित हो ऐसी बात नहीं है—बल्कि सुख-दुःख तो हमारे मन की उस भावना पर निर्भर हैं जिससे हम उस कर्तव्य को हाथ में लेते हैं अथवा उसे पूरा करते हैं।

छोटे-छोटे कार्यों को निःस्वार्थ भाव से, बुद्धिमत्तापूर्वक और सम्यक् नीति से करने से न केवल महान सुख प्राप्त होता है बल्कि महान शक्ति

भी पैदा होती है, क्योंकि जीवन अपने संघटन में इन्हीं छोटी-छोटी चीज़ों से बना है। जीवन की साधारण दिनचर्या में विवेक विद्यमान है, और जब किसी वस्तु के भिन्न-भिन्न भाग अपने में सम्पूर्ण होते हैं तो वह पूरी वस्तु भी अवश्य सम्पूर्ण होती है।

संसार में प्रत्येक वस्तु छोटे-छोटे परमाणुओं से बनी है, और बड़ी- बड़ी वस्तुओं की पूर्णता छोटी-छोटी वस्तुओं की पूर्णता पर निर्भर है। और यदि संसार की बनावट के किसी भाग में अपूर्णता रह जाती है तो सारा संसार अपूर्ण रह जाएगा। यदि एक व्यष्टि निकाल दी जाए तो पूरी समष्टि लुप्त हो जाएगी। धूलि के एक कण के बिना धरती की कल्पना संभव नहीं, धूलि का एक कण पूर्ण है इसीलिए तो पृथ्वी भी पूर्ण है। छोटी बातों की उपेक्षा से बड़े कार्यों में अव्यवस्था उत्पन्न होती है।

हिम का फेन उतना ही सम्पूर्ण है जितना नभ-मण्डल का तारा। ओस का एक बिन्दु उतनी ही व्यवस्था से रचित है जितना यह भू-मण्डल। एक सूक्ष्म कृमि उतनी ही व्यवस्था से निर्मित है जितनी व्यवस्था से एक मनुष्य का निर्माण हुआ है। पत्थर पर पत्थर रखकर, उसके सम्यक् संयोग से शिल्पकला की सुन्दर कृति के रूप में मन्दिर का निर्माण होता है। छोटे के अस्तित्व से ही बड़े का अस्तित्व है, अत: छोटा बड़े का दास ही नहीं बल्कि उसका विधायक और स्वामी है।

कई अविवेकी और घमण्डी व्यक्ति बड़ा बनना चाहते हैं; वे बड़े काम करना चाहते हैं, किन्तु वे तुरन्त करने योग्य छोटे-छोटे कामों की अवेहलना करते हैं अथवा उन्हें हिकारत-भरी नज़रों से देखते हैं। ऐसे मूर्ख व्यक्ति में नम्रता का अभाव होता है। इसलिए उसमें बुद्धि एवं ज्ञान का भी अभाव होता है। अपने-आपको बहुत महत्त्वपूर्ण समझकर वह असंभव कार्यों को करने का यत्न करता है।

महान व्यक्ति इसलिए महान बने हैं क्योंकि उन्होंने अपने छोटे- छोटे कर्तव्यों को निःस्वार्थ भाव से और अच्छी तरह मन लगाकर किया है। वे इसलिए बुद्धिमान और शक्तिमान बने हैं क्योंकि उन्होंने अभिलाषा और घमंड का परित्याग करते हुए ऐसे छोटे-छोटे किन्तु आवश्यक कार्यों को पूरा किया है जिनमें न तो कोई प्रशंसा ही मिलती है और न कोई पुरस्कार

ही प्राप्त होता है। वे महानता की खोज में कभी नहीं निकले; बल्कि वे सदा श्रद्धा निःस्वार्थता एवं ईमानदारी व सच्चाई की तलाश में रहते हैं; और छोटे-मोटे कार्यों और कर्तव्यों को सरंजाम करते हुए वे अनजाने ही महानता के शिखर तक पहुंच गए हैं।

महान व्यक्ति एक-एक क्षण की, एक-एक शब्द की, अभिवादन अथवा सत्कार की खान-पान की, वेशभूषा की, पत्र-व्यवहार की, आराम और काम की अलग-अलग दिशा में किए गए प्रयासों की एवं सामयिक औपचारिक व्यवहारों की और इसी प्रकार की ध्यान देने योग्य सैकड़ों-हज़ारों बातों की–संक्षेप में कहें तो जीवन में आने वाली सर्वसाधारण बातों की महान महत्ता को भली प्रकार जानते हैं। वे प्रत्येक काम को ईश्वर के द्वारा निर्धारित किया हुआ समझते हैं। अपने कर्तव्य वे केवल इतने ही मानते हैं कि जीवन को सुखी और सम्पन्न बनाने की दिशा में उन्हें शान्तचित्त होकर अपना कार्य करना है। वे किसी चीज़ की उपेक्षा नहीं करते, कहीं हड़बड़ी नहीं करते; त्रुटि और अज्ञानता को छोड़कर वे किसी चीज़ से दूर नहीं भागते। अपने सम्मुख आए हुए प्रत्येक छोटे-बड़े काम को वे करते हैं, वे उसे स्थगित करके खेद प्रकट नहीं करते, अपने निकटवर्ती काम में निःसंकोच हाथ डालते हुए, और सुख-दुःख में एक समान रहते हुए वे बच्चों की सी सरलता तथा नैसर्गिक शक्ति प्राप्त कर लेते हैं। वास्तव में यही शक्ति की महानता है।

शिष्यों के प्रति महात्मा कन्फ्यूशियस का यह उपदेश छोटे-छोटे कामों के महान महत्त्व पर बल देता है। "जब आप अपने घर की मेज़ पर भोजन कर रहे हों, तो ऐसा समझिए जैसे आप राजा की मेज़ पर भोजन कर रहे हैं।" इसी प्रकार महात्मा बुद्ध का वचन है, "यदि मनुष्य को कोई काम करना हो तो उसे चाहिए कि वह उसे उत्साहपूर्वक करे, बल्कि उसपर टूट ही पड़े।" छोटे-छोटे कामों की उपेक्षा करना या उन्हें बेदिली से और बेढंगे तरीके से करना दुर्बलता और मूर्खता की निशानी है।

प्रत्येक कार्य को पूरी तल्लीनता और निःस्वार्थ-भावना से करने से मनुष्यों के कर्तव्यों का दायरा बढ़ जाता है, और कर्तव्य-पालन की शक्ति भी द्विगुणित हो जाती है, क्योंकि इससे बल की वृद्धि होती है और बुद्धि, प्रतिभा और चरित्र का विकास होता है। जिस प्रकार पौधे में प्रकृति के नियम

के अनुसार अपने–आप ही पुष्प निकल आता है, उसी प्रकार मनुष्य अपने दैनिक कर्तव्यों को पूरा करते हुए उच्च स्थिति को प्राप्त होता है, और निरन्तर शक्ति और परिश्रम के साथ प्रत्येक काम को ठीक समय और ठीक स्थान पर करते हुए अपने जीवन और चरित्र को सुन्दर बना लेता है।

इच्छाशक्ति और मानसिक बल के विकास के लिए संसार में जितने उपाय प्रचलित हैं वे अनुभव की कसौटी पर निरर्थक सिद्ध होते हैं प्राणायाम, आसन, ध्यान, तन्त्र-मन्त्र, ये सब साधन जितने कृत्रिम और मिथ्या प्रयोग हैं उतने ही भ्रमपूर्ण भी हैं। जबकि सत्यमार्ग को–जोकि कर्तव्य-पालन का मार्ग है और जिसपर चलने से इच्छाशक्ति और मानसिक बल की वृद्धि होती है–अच्छे-अच्छे महानुभाव भी भूले हुए हैं।

मानसिक बल की प्राप्ति के लिए मनुष्य को अस्वाभाविक प्रवृत्तियों का परित्याग कर देना चाहिए। व्यक्ति बालक से धीरे-धीरे विकसित होकर पूर्ण मनुष्य बनता है। इसी प्रकार उसकी मूर्खता, अज्ञान और दुर्बलता भी धीरे-धीरे ही विवेक, ज्ञान और शक्ति में परिणत होती हैं। मनुष्य को चाहिए कि विचार पर विचार, प्रयत्न पर प्रयत्न और कार्य पर कार्य करके प्रतिदिन धीरे-धीरे विकसित होने का प्रयत्न करे।

यह ठीक है कि समाधि, आसन का प्रयोग करके कोई साधु किसी प्रकार मानसिक शक्ति उपार्जित कर लेता है; किन्तु वह इस शक्ति को शारीरिक शक्ति का भारी ह्रास करके प्राप्त करता है। वह आध्यात्मिक चमत्कारों का थोथा विशेषज्ञ भले ही हो जाता है, पर वह अपना शक्तिसम्पन्न उपयोगी चरित्र खो बैठता है। वह पूर्ण पुरुष नहीं बनता, बल्कि सदैव अपूर्ण रहता है।

चिड़चिड़ापन, नासमझी, जल्दबाज़ी और अन्य आचार सम्बन्धी दोष व्यक्ति के दैनिक जीवन में लगे ही रहते हैं और थोड़ी-सी उत्तेजना पाकर क्रियाशील हो उठते हैं। इनपर अच्छी तरह नियन्त्रण करना वास्तविक आत्मिक शक्ति है। इसी प्रकार नित्य-प्रति के कामों और कर्तव्यों के दबाव में उत्तेजित और असंतुलित भीड़ से घिरे रहने पर भी कर्म में संयम, धैर्य एवं दृढ़ता का बना रहना सच्ची आत्मिक शक्ति कहलाएगा। इससे कम कोई भी स्थिति सच्ची शक्ति नहीं कहला सकती। और इस आत्मिक शक्ति के

विकास का सामान्य उपाय यह है कि अधिक से अधिक अच्छे तरीके से निःस्वार्थ होकर दैनिक जीवन में आने वाले उचित कार्यों और झुकाने वाले अहसानों को पूरी तरह से सरंजाम देते हुए इसकी निरन्तर अभिवृद्धि की जाए।

महान व्यक्ति वह नहीं हैं जो अपनी ऊपरी चतुराई से दूसरों को रहस्य और रोमांच के वातावरण में डाल देता है और जिसकी यह आदत उसे चिड़चिड़ेपन, दुःख, कर्कशता और दूसरे तुच्छ दोषों और कमियों का शिकार बनाकर उसे बुरी स्थिति में छोड़ देती है। बल्कि महान व्यक्ति वह है जिसकी महानता पौरुष, शान्तचित्तता, दृढ़ता, स्थिरता एवं अदम्य धैर्य में परिणत हो जाती है, और जो अपने पर नियन्त्रण रखता है; इसके अतिरिक्त और जो कुछ भी है वह शक्ति नहीं, अपितु धोखा है, छलना है।

जो आदमी अपने मन को दूसरी सभी बातों से हटाकर, अपने सामने आए किसी छोटे से छोटे काम को साधने में पूरी तरह तल्लीन हो जाता है और पूरी शक्ति एवं प्रतिभा जुटा देता है, वह दिन-प्रतिदिन अपने मन और संकल्प-शक्ति पर महानतर नियमन्त्रण प्राप्त करता जाएगा, और अंत में आत्मिक शक्ति का स्वामी बन जाएगा।

अपने हाथ के काम में अपने-आपको पूरी तरह लगाइए और उसे इस प्रकार कीजिए कि जैसे आप अपने प्रत्येक काम को श्रम की एक पूर्ण इकाई का रूप देंगे। संकल्पशक्ति की उपलब्धि, विचारों की एकाग्रता और शक्ति की रक्षा का यहीं अच्छा मार्ग है। जादुई और बनावटी उपायों की तलाश में मत रहिए, आगे बढ़ने का प्रत्येक साधन पहले से ही आपके साथ है, या फिर आपमें विद्यमान है। आपको केवल इतना परखना है कि आप अब जो काम अपने हाथ में लेने जा रहे हैं उसमें आपको कितनी बुद्धिमत्ता से अपने-आपको लगाना है। जब तक कि आप यह नहीं कर लेते तब तक आप दूसरे महानतर क्षेत्रों को, जो आपकी प्रतीक्षा में हैं, अपने नियन्त्रण में नहीं ले सकते।

शक्ति और विवेक प्राप्त करने का तरीका मात्र यह है कि आप वर्तमान क्षणों का उपयोग भरपूर मन से और बुद्धिमत्ता से कीजिए, तब आपका हरेक क्षण फलीभूत होगा। महान और बुद्धिमान व्यक्ति छोटे-छोटे कामों को पूरा

महत्त्व देकर किया करते हैं। वे किसी भी आवश्यक छोटे काम को तुच्छ अथवा हीन नहीं समझते। इसके विपरीत, छोटे मन वाला मूर्ख व्यक्ति कुछ अधिक बड़े काम करने की लालसा में छोटे कामों के प्रति उपेक्षा और असमर्थता जताकर वह निरन्तर अपनी अयोग्यता का ढिंढोरा पीटता रहता है। जो व्यक्ति अपने-आप पर बहुत कम नियंत्रण रखता है वही सदा दूसरों पर शासन करने और आवश्यक उत्तरदायित्वों को उठाने का बहुत ज्यादा इच्छुक रहा करता है। "जो व्यक्ति किसी काम को इसलिए नहीं करता कि वह काम उसे बहुत ओछा मालूम पड़ता है, बह अपने-आपको धोखा देता हैं वस्तुत: वह काम बहुत ओछा नहीं होता, बल्कि उसके लिए बहुत बड़ा होता है जिसे वह नहीं करता।"

छोटे-छोटे कामों को भरपूर शक्ति और उत्साह के साथ करने से शक्ति में वृद्धि होती है। उसी प्रकार उन कामों को ढिलमुल तरीके से करने से शिथिलता घर कर जाती है। अपने छोटे-मोटे कामों में मनुष्य जिस रूप में दृष्टिगोचर होता है वही उसके चरित्र का पूंजीभूत स्वरूप होता है। पाप की तरह शिथिलता भी विपत्ति का भयंकर स्रोत है, और जब तक मनुष्य में कुछ हद तक चारित्रिक सफलता नहीं आती, तब तक उसे सच्चा सुख प्राप्त नहीं हो सकता। दुर्बल व्यक्ति भी छोटी-छोटी बातों को महत्त्व देने से एवं उसके अनुसार उन्हें कार्यरूप में परिणत करने से शक्तिशाली बन सकता है। इसके विपरीत,.छोटी बातों में शिथिल पड़ने अथवा उनकी उपेक्षा करने से मनुष्य की सहज बुद्धि कुन्द पड़ जाती है और शक्ति का ह्रास हो जाता है। इससे सशक्त व्यक्ति भी कमज़ोर पड़ जाता है।

ये शब्द हमारी उक्त धारणा को प्रभावित करते हैं–"शक्ति जिसमें पहले से है, उसीको मिलेगी, और जिसमें पहले से नहीं है, उसके पास जो थोड़ी-सी अवशेष है, वह भी छिन जाएगी।" मनुष्य अपने एक-एक विचार, एक-एक शब्द, एक-एक क्रिया के अनुरूप निरन्तर उन्नति या अवनति प्राप्त करता है। मनुष्य का चरित्र क्षण-क्षण में बदलता रहता है। किसी क्षण उसमें भलाई का अंश बढ़ जाता है, किसी क्षण वह कम हो जाता है। जिस क्षण में उसका जैसा मन, वचन और कर्म होता है, उसी अनुपात में उसका चरित्र अच्छा या बुरा होता है और उसीके अनुसार उसे लाभ या हानि प्राप्त होती है।

जो व्यक्ति छोटे-छोटे कामों पर अधिकार जमा लेता है वह बड़े कार्य करने का भी उचित अधिकारी हो जाता है। पर जो छोटे कामों के वशीभूत हो जाता है। वह उच्चतम सफलता प्राप्त नहीं कर सकता।

जीवन एक प्रकार से इकाइयों का सहकारी पुंज है, इकाई की प्रगति ही जिसका सर्वस्व है और जिसपर वह टिका है।

एक सफल वाणिज्य, एक अच्छी मशीन, एक भव्य मन्दिर अथवा एक श्रेष्ठ चरित्र विविध अंगों की पूर्णता पर ही आश्रित है।

मूढ़ व्यक्ति समझता है कि छोटे-मोटे दोष, क्षुद्र अत्याचार और छोटे-छोटे पाप महत्त्व नहीं रखते और उनमें कोई बुराई नहीं है। वह सोचता है कि जब तक वह कोई बड़ा दुराचार नहीं करता वह निष्पाप है, बल्कि पवित्र हैं। परन्तु ऐसे सोचने में उसमें जो थोड़ी-बहुत अच्छाई हैं वह भी नष्ट हो जाती है और वह भ्रष्टाचारी मान लिया जाता है। तब तो दूसरे न तो उसका आदर-सम्मान करते हैं, न उससे स्नेह करते हैं। उनकी नज़रों में वह गिर जाता है और उसका प्रभाव जाता रहता है। तब अगर ऐसा व्यक्ति समाज-सुधार की चेष्टा करे, अपने साथियों को बुराइयों से बचने का उपदेश करे, तो उसका यह प्रयत्न निष्फल और व्यर्थ ही जाएगा। मनुष्य अपनी छोटी-मोटी कमियों को जितना छोटा और तुच्छ समझता है, उसका चरित्र भी उतना ही छोटा और तुच्छ हो जाता है। उसके जीवन के बारे में भी यही बात कही जा सकती है–उसे पापात्मा माना जाता है। जिस स्वेच्छाचारिता से वह पाप करता है और अपनी दुर्बलताओं को प्रकाशित करता है, वही स्वच्छन्दता, अपमान, उपेक्षा और अनादर से रूपान्तरित होकर उसे वापस मिलती है। उसे कोई नहीं पूछता; क्योंकि पाप की ओर ले जाने वाले को कौन पूछे? उसका काम नहीं फलता; क्योंकि दुर्बल व्यक्ति पर भरोसा कौन करे? उसके उपदेशों को कोई नहीं सुनता; क्योंकि उसके वचनों में विवेक और अनुभव की गंध नहीं होती–भला हो-हल्ले से प्रभावित कौन हो?

बुद्धिमान व्यक्ति, या जो बुद्धिमान बनना चाहता है वह, उस बुराई को देखता है जोकि मनुष्य की साधारण त्रुटियों से उपजती है, जिन्हें लोग बिना सोचे विचारे करते हैं और उन्हें कोई दण्ड नहीं मिलता। वह उस परम सुख को भी पहचानता है जो उन त्रुटियों के त्यागने से प्राप्त होता है, परन्तु जिसे

प्राय: लोग तुच्छ और हीन समझते हैं। बह उस आत्मसंयम को जानता है। जिसे दैनिक व्यवहार में भी अपनाना पड़ता है, परन्तु जिसे लोग प्राय: दृष्टि से ओझल कर देते हैं।

जो व्यक्ति अपने छोटे से छोटे दोष को भयंकर अपराध समझता है, वह महान व्यक्ति बन जाता है। वह अपने प्रत्येक विचार और कार्य का दूरगामी प्रभाव देखता है, और पहचानता है–अपने चरित्र के उन छोटे-छोटे अंशों की पूर्णता और न्यूनता को, जिनसे उसके जीवन का निर्माण हुआ है और जो उसे अच्छा या बुरा बनाते हैं। इसलिए वह धीरे-धीरे निरन्तर आत्मनिरीक्षण व आत्मसुधार करते हुए अपने–आपको सम्पूर्णता की ओर ले जाता है।

जैसे बूंद-बूंद से सागर बनता है, कण-कण से पृथ्वी बनती है और प्रकाश के अणुओं से तारागण बनते हैं, वैसे ही यह जीवन विचारों और क्रियाओं से बनता है, इसके बिना मनुष्य के जीवन का अस्तित्व ही नहीं हो सकता। इसलिए मनुष्य का जीवन वही कुछ बन जाता है, जैसे कि ऊपर से पृथक् दीखते उसके विचार और क्रिया-कलाप होते हैं। मनुष्य इन्हीं विचारों और क्रियाओं का गठन है। जिस प्रकार क्षणों की श्रृंखलाबद्ध संख्या से वर्ष बन जाता है, उसी प्रकार विचारों और कृत्यों की परम्परा से मनुष्य के जीवन और चरित्र का निर्माण होता है और जैसा उसके अंगों का स्वरूप होगा वैसा ही समष्टि में वह पदार्थ बन जाएगा।

दूसरों का हित-चिन्तन करने से, दूसरों से उदारता का व्यवहार करने से एवं दूसरे के लिए त्यागभाव अपनाने से मनुष्य का चरित्र दयाशील एवं दानशील बन जाता है। छोटे-मोटे आत्मत्याग के कार्यों, सहनशीलता के कृत्यों और आत्म-नियन्त्रण के उपायों से एक दृढ़ एवं उत्तम चरित्र का निर्माण होता है। सच्चा ईमानदार व्यक्ति जीवन के प्रत्येक क्षण में ईमानदार रहता है। श्रेष्ठ व्यक्ति छोटी-मोटी बातों में अथवा अपनी कथनी और करनी में भी श्रेष्ठ होता है।

यह सोचना बड़ी भारी भूल है कि हमारे क्षणिक विचारों और कार्यों का जीवन पर कुछ भी प्रभाव नहीं पड़ता। यह बात न समझना भी भारी भूल है कि ये मेरे विचार और कार्य ही जीवन के आधार एवं सारतत्त्व हैं।

जब इस बात को पूरी तरह से समझ लिया जाएगा, तो सभी पदार्थ पवित्र दीखने लगेंगे और हरेक क्रिया धार्मिक लगने लगेगी। छोटे से छोटे काम में सत्यता निहित हैं। किसी काम को ठीक तरह करना योग्यता अथवा प्रतिभा का सूचक है।

आपका सारा जीवन एकसाथ व्यतीत नहीं हो जाता, बल्कि वह धीरे-धीरे, छोटे-छोटे खण्डों से गुज़रता है–और इन्हीं खण्डों से पूरा जीवन बनता है। यदि आप चाहें तो आप जीवन के प्रत्येक खण्ड को अच्छी तरह व्यतीत कर सकते हैं और इस तरह कर लेने पर आपकी पूरी ज़िन्दगी में खोट की कोई गुंजाइश ही न रह जाएगी। एक कहावत है–"तुम पैसे बचाओ, रुपये अपनी रक्षा आप करेंगे।" यह बात लोक– व्यवहार से भी अधिक मानसिक व्यवहार में अधिक उपयुक्त बैठती है। यदि तुम यह समझकर अपने वर्तमान कार्य की चौकसी करो कि इससे तुम्हारे जीवन और चरित्र का स्वरूप निर्धारित होगा तो तुम्हारी बड़ी बुद्धिमत्ता कही जाएगी।

आप महान और बहुचर्चित कार्यों में हाथ डालने की ताक में मत रहिए। ये काम अपने-आप ही हो जाएंगे, यदि आप अपने वर्तमान कार्यों को दक्षता से निबाहेंगे। अपने हाथ के काम की लघुता और तंग दायरे पर कुढ़िए नहीं, बल्कि असन्तोष और आलस से दूर रहते हुए अपनी पहुंच के परे के महान कार्यों की आकांक्षा मन से निकालते हुए आप निःस्वार्थ भाव से उसे पूरा कीजिए। और आप देखेंगे कि जिस महानता की प्राप्ति के लिए आप ठंडी आहें भरते थे, वह आपमें स्वयमेव प्रकट होने लगी है। चिड़चिड़ेपन जैसी बुरी चीज़ दुनिया में नहीं है। मानसिक श्रेष्ठता की प्राप्ति की आकांक्षा कीजिए, न कि बाहरी चमक-दमक की प्राप्ति की। और इस समय आप जिस स्थिति में हैं वहीं से आगे बढ़ना शुरू कीजिए।

आप अपने काम के अन्दर जो उकताहट और रुकावट समझ रहे हैं वह काम के अन्दर नहीं है बल्कि केवल आपके मन में है। यदि आप काम के प्रति अपना दृष्टिकोण बदल लें तो टेढ़ा-मेढ़ा रास्ता देखते ही देखते, सीधा और सरल हो जाएगा तथा ऊब और रुकावटें सुख में परिवर्तित हो जाएंगी।

इस बात का ध्यान रखिए कि आपका प्रत्येक क्षण अच्छी तरह, शुभ प्रयत्नों में एवं उद्देश्यपूर्ण कार्यों में बीतना चाहिए। अपने हाथ के काम-धाम

में पूरी लगन और स्वार्थहीनता के साथ जुट जाइए। अपनी प्रत्येक कल्पना, शब्द और कर्म को मधुर एवं सच्चा बनाइए। इस प्रकार जीवन के छोटे-मोटे कामों के महान महत्त्व को अभ्यास और अनुभव से मन में बैठाते हुए आप धीरे-धीरे महान एवं चिरस्थायी सफलता प्राप्त कर लेंगे।

तीसरा सोपान

कठिनाइयों पर विजय

आप निशाने से चूक गए हैं?
क्या हुआ; लक्ष्य तो अब भी चमक रहा है!
आप दौड़ में पिछड़ गए हैं?
क्या हुआ; सांस ले लो,
ताकि फिर दौड़ में भाग ले सको।

–एला व्हीलर विलकॉक्स

बहुत–से लोगों को यह कथन बेतुका-सा लगता है कि कठिनाइयों और उलझनों से किसी हद तक सुख अथवा आनन्द प्राप्त किया जा सकता है; लेकिन सत्य में सदा विरोधाभास रहता है, और मूर्ख जिन्हें दुःख की संज्ञा देते हैं, बुद्धिमान उन्हीं में सुख का अनुभव करते हैं। कठिनाइयां अज्ञान और दुर्बलता में उत्पन्न होती हैं और फिर ज्ञान एवं शक्ति की प्राप्ति कराती हैं।

सत्यनिष्ठ व्यक्ति को जीवन में ज्यों-ज्यों विवेक होता जाता है, वे

कठिनाइयां धीरे-धीरे कम होती जाती हैं और उलझनें अस्थिर धुंध की तरह लुप्त होती जाती हैं।

आपकी यह कठिनाई जिस परिस्थिति के बीच में पैदा हुई है, मुख्यतः उसमें निहित नहीं है, वह तो उस मनोदशा में निहित है जिसके साथ आप उस परिस्थिति से आंखें चार करते हैं। जो काम एक बालक के लिए कठिन होता है, वह परिपक्व बुद्धि वाले मनुष्य के लिए ज़रा भी कठिन नहीं होता; इसी प्रकार जो बात एक औसत दर्जे के मनुष्य को उलझन में डाल देती है, वह बुद्धिमान के सम्मुख कहीं भी पेचीदगी का कारण नहीं बनती।

एक कच्ची और अविकसित बुद्धि के बालक के लिए एक पुस्तक कुछेक साधारण-से अध्याय पढ़ना भी कितनी बहुत बड़ी और बहुत ही दुस्तर समस्या बन जाती है। व्यग्रता और श्रम के कितने ही पहर, दिन और यहां तक कि कितने ही महीने इसके समाधान में लग जाते हैं। कठिनाई की ऊंची और दुर्लंध्य दीवार को पार करने में, निराशा-भरी प्रतीक्षा में, वह कितने-कितने आंसू बहाता है, यद्यपि समस्या का मूल उन अध्यायों में नहीं बल्कि बालक की अज्ञानना में निहित है।

यही बात जीवन की कठिनाइयों के साथ है जिनसे बड़ी उम्र के 'बालकों' का साबका पड़ता है, और उन्नति और विकास के लिए जिनका समाधान करना अथवा जिनपर नियन्त्रण कर पाना परमावश्यक है। प्रत्येक कठिनाई के समाधान करने का अर्थ है अनुभव की और अधिक उपलब्धि, अन्तर्दृष्टि और दक्षता की और अधिक प्राप्ति; और इसका अर्थ है एक मूल्यवान पाठ की शिक्षा, जिसके साथ प्राप्त होता है काम को सफलता के साथ पूरा करने का सुख अथवा आनन्द।

कठिनाई का वास्तविक स्वरूप क्या है? क्या यह एक ऐसी दशा का नाम नहीं है जोकि पूरी तरह समझ में नहीं आती? यदि यह सच है तो यह तथ्य पहले की अपेक्षा अधिक गहरी अन्तर्दृष्टि और अधिक व्यापक बुद्धि के प्रयोग और विकास की अपेक्षा करता है।

यदि कठिनाइयां न होतीं तो मनुष्य की न प्रगति होती, न मानव- चरित्र का उद्घाटन और विकास हो पाता, संसार में जड़ता छा जाती और मानवता विचारशून्य हो जाती।

इसलिए बाधाओं से वास्ता पड़े तो मनुष्य को उनका स्वागत करना चाहिए; क्योंकि इसका अर्थ यह है कि उसने किसी हद तक लापरवाही या मूर्खता बरती है और अब उससे छुटकारा पाने के लिए और बेहतर रास्ता अपनाने के लिए समस्त शक्ति और बुद्धि जुटाने का आह्वान किया गया है और यह कि उसके अन्दर छिपी शक्तियां महानतर स्वतन्त्रता और विस्तृतर कर्मक्षेत्र के लिए बुलावा दे रही हैं।

कोई भी स्थिति अपने-आपमें कठिन नहीं होती, कठिनाई का कारण है उलझनों के अन्दर अंतर्दृष्टि या अन्तःस्फुरण का अभाव, अथवा स्थिति से निबटते समय बुद्धि की मन्दता, जिनसे कठिनाई आकार ग्रहण करती है, इसीलिए कठिनाई पर विजय प्राप्त करने से जितना लाभ है उसकी कल्पना नहीं की जा सकती।

कठिनाइयां बे सिर-पैर के अथवा अचानक ही खड़ी नहीं हो जातीं, उनके उत्पन्न होने के कुछ न कुछ कारण होते हैं। मानव की आवश्यकताओं में ज्यों-ज्यों वृद्धि होती है, वे भी स्वत: विकास के सिद्धान्त के अनुसार पैदा होती जाती हैं। और इन्हीं में उनका महान वरदान निहित है।

व्यवहार के कुछ ऐसे रास्ते हैं जो अनिवार्य रूप से पेचिदगियों एवं उलझनों तक जाकर समाप्त होते हैं, और इसी प्रकार कुछ ऐसे मार्ग भी हैं जो अनिवार्य रूप से कष्टकर उलझनों से निकाल बाहर करते हें। कोई व्यक्ति कितनी ही बुरी तरह परिस्थितियों के दायरे से क्यों न घिर गया हो, वह अपने-आपको सदैव उससे मुक्त कर सकता है। इन्सान अपने अज्ञान से विपत्तियों की कितनी ही दलदलों और उलझनों के कितने ही दुर्गम सुनसान वनों में क्यों न भटक जाए, वह कभी भी अपना ठीक रास्ता फिर से पा सकता है, और पा सकता है खोया हुआ सीधा, सरल और स्पष्ट राजमार्ग–जो कि बुद्धिमत्ता और विवेक से पूर्ण कर्म के प्रकाशपूर्ण क्षेत्र की ओर ले जाता है। पर वह ठीक रास्ता विपत्ति में हाथ पर हाथ धरकर रोते हुए, निठल्ले बैठे रहकर नहीं पा सकता, कुढ़ते-झींकते हुए और चिन्तामग्न रहकर भी नहीं पा सकता और न ही इस खामखयाली में पड़े रहकर वह उचित मार्ग पा सकता है कि काश वह भिन्न परिस्थितियों में होता! उसका संकट तभी दूर हो सकता हैं जब वह उसमें सावधानी से और तार्किक बुद्धि

से काम ले और ठण्डे मन से सारी परिस्थिति का जायज़ा ले। उसकी स्थिति का यह तकाज़ा है कि वह मन को अपने बस में रखे, अपने खोए हुए लक्ष्य की प्राप्ति के लिए चिन्तन-मनन करे और सतत व अविराम परिश्रम करता चला जाए। चिन्ता-फिकर से तो निराशा और भी गहन हो जाती है तथा कठिनाई का आकार-प्रकार और बड़ा हो जाता है। यदि वह ठण्डे मन से अपने क्रिया-कलाप को देखेगा और उनपर सोचकर कम या ज़्यादा दुर्बोध मार्ग का पता पा लेगा जिसने उसे वर्तमान स्थिति में ला पटका है, तो उसे शीघ्र ही मालूम पड़ जाएगा कि कहा उसने गलतियां की हैं, उसे जल्द ही वे स्थल दृष्टिगोचर होने लगेंगे जहां उसने गलत कदम उठाया है और वह स्पष्ट देखने लगेगा कि थोड़े-से विचार, विवेक, मितव्ययिता या आत्मसंयम से काम लेता तो उसकी स्थिति यह न होती। वह यह देखने में समर्थ हो जाएगा कि किस प्रकार उसने धीरे-धीरे अपने-आपको भूलभुलैयों में फंसा लिया है, और किस प्रकार परिपक्व निर्णय-बुद्धि एवं गहरी सूझबूझ के कारण उसमें एकदम कायाकल्प हो गया।

जिस प्रकार अज्ञानता, स्वार्थ, मूर्खता और अविवेक के ज़रिये मनुष्य दुविधा और उलझन का शिकार हो जाता है, उसी प्रकार ज्ञान, आत्मसंयम, विवेक और अन्तर्दृष्टि के मार्ग पर चलकर वह सुखद एवं सन्तोषप्रद ध्येय तक जा पहुंचता है। जो व्यक्ति इस बात को जानता है वह कठिनाइयों का सामना साहस के साथ करेगा और उनपर हावी होते हुए, बुराई के बीच में से सचाई की, दुःख के बीच में से सुख की और अशान्ति के बीच में से शान्ति की सृष्टि कर लेगा।

मनुष्य के सामने ऐसी कोई कठिनाई नहीं आती जिसका सामना करने की और जिसे परास्त करने की उसमें शक्ति न हो। चिन्ता न केवल व्यर्थ है, बल्कि मूर्खतापूर्ण कार्य है, क्योंकि यह शक्ति और समझबूझ को कुन्द कर देती है, अन्यथा वें कर्म में प्रवत्त हो जातीं। ठीक तरह निपटा जाए तो प्रत्येक कठिनाई को हल किया जा सकता हैं; इसलिए चिन्ता बेमानी है। और फिर जो काम नहीं किया जा सकता, वह कठिन नहीं रह जाता, बल्कि वह तो असम्भव बन जाता है; और ऐसी हालत में भी चिन्ता अनावश्यक है, क्योंकि 'असम्भव' के साथ ताल-मेल बैठाने का केवल एक ही उपाय है

और वह है कि उसके आगे आत्मसमर्पण कर देना। जिसे आप टाल नहीं सकते, वरन् शिरोधार्य है।

जिस दिन मनुष्य के मन में मानव-जीवन का लक्ष्य जानने के लिए विह्वलता उत्पन्न होती है वह दिन उसके लिए बड़े महत्त्व का होता है, यद्यपि उसका महत्त्व उसे उस वक्त मालूम नहीं होता। उसकी विह्वलता इस बात की निशानी है कि उसकी उदासीनता, आलस्य और शारीरिक निठल्लेपन का काल व्यतीत हो गया है। और उस दिन से वह विकासोन्मुख और जिज्ञासु बनने लगा है। अब वह मात्र मानव-पशु नहीं रहा, अपितु जीवन के प्रश्नों का समाधान करने के लिए अपने भरपूर मानसिक बल के साथ प्रस्तुत हुआ है। वस्तुत:, बुद्धिमान भी वही है जो संकट उपस्थित होने पर जी नहीं चुराता और न ही विचलित होता है, अपितु शान्त एवं स्थिर होकर उसका सामना करता है।

अब वह आलस्य एवं अज्ञान का निठल्ला जीवन नहीं अपनाता, इन्द्रियों का तुच्छ भोग नहीं भोगता, न ही मन में उठने वाले अस्पष्ट प्रश्नों को दबाता है। अब उसके हृदय में ईश्वरीय अंश प्रबुद्ध हो उठा है। अब वह मन में उठे महान कार्य करने के संकल्प को अधिक देर तक मन ही में नहीं दबाए रख सकता। अब उसके लिए और प्रतीक्षा करना असंभव है, क्योंकि उसकी मानसिक शक्तियां जागरित हो उठी हैं और वे सक्रिय होने के लिए विह्वल हो उठी हैं। पाप-कर्म में शान्ति नहीं मिल सकती– सत्य और ज्ञान ही उसे सुख प्रदान कर सकते हैं। वह मानव-जीवन के प्रश्नों और उलझनों की तह में जाता है, और निरन्तर उसका कारण जानने का यत्न करता है। जैसे कोई शिक्षार्थी किसी दुर्बोध्य पाठ को हृदयंगम कर हर्षित होता है, वैसे ही सांसारिक आपदाओं को पार कर मानव-हृदय पुलकित हो जाता है। और जब मनुष्य मानव-जीवन के गूढ़ प्रश्न का समाधान ढूंढ़ निकालता है और उसका मानसिक अंधकार दूर हो जाता है तो उसका हृदय परम हर्ष को प्राप्त करता है।

निष्कर्ष रूप में, आप अपनी कठिनाइयों और उलझनों को अशुभ अथवा विपत्ति का पूर्वसूचक मत समझिए। यदि आप इस तरह सोचेंगे तो वे आपके लिए अशुभ हो जाएंगी। उन्हें आप अच्छाई का सूचक समझिए।

दरअसल वे हैं ही ऐसी ही। यह कभी मत सोचिए कि आप उनसे आंख बचा सकते हैं, ऐसा हो नहीं सकता। उनसे बच निकलने का यत्न मत कीजिए; क्योंकि ऐसा होना असम्भव है। जहां कहीं भी आप जाएंगे, वहीं आप उन्हें अपने सामने पाएंगे। आप धीरज और हिम्मत से उनका मुकाबला कीजिए, गुरु-गंभीरता और गौरव-गरिमा के साथ, जिसपर आपको अधिकार प्राप्त है। उनका सामना कीजिए। उनके सभी पक्षों पर विचार कीजिए, उनकी नाप-जोख कीजिए, विश्लेषण कीजिए। उनकी बड़ी-छोटी बातों को समझिए; उनकी भयावहता का जायज़ा लीजिए; उनकी पूरी थाह लीजिए, और फिर उनपर आक्रमण कीजिए और अन्ततः उन्हें परास्त कर दीजिए। इस प्रकार आप अपने अन्दर शक्ति और प्रतीक्षा का विकास कर सकेंगे और साथ ही सुख और सफलता के उन दिव्य मार्गों में से एक पथ की ओर आपके कदम बढ़ने लगेंगे जोकि आपकी भौतिक आंख की दृष्टि का विषय नहीं है।

चौथा सोपान

बोझ उतारना

क्या आपने विजय पर हर्ष मनाते लोगों को सुना है?
मैं तो कहता हूं पराजय भी उतनी ही अच्छी है,
यदि वह उसी तरह ग्रहण की गई हो जिस तरह विजय।

–वाल्ट व्हिटमैन

बोझ उठाने के बारे में तो हम बहुत कुछ सुनते या पढ़ते हैं, लेकिन बोझ उतारने के बेहतर उपायों के विषय में हम बहुत ही कम जानते हैं। समझ में नहीं आता कि आप मन पर यही बोझ लिए-लिए क्यों फिरा करते हैं, जबकि आपको बोझ-भार से मुक्त होकर, अपने मित्रों-साथियों के बीच हलके और प्रसन्न मन से आनन्द-विहार करना चाहिए। कोई चीज़ एक जगह से दूसरी जगह कहीं ले जानी हो तो और बात हैं, वरना कौन ऐसा आदमी है जो व्यर्थ में अपनी पीठ पर बोझ लादे फिरेगा? कोई भी व्यक्ति ऐसा नहीं है जो किसी बोझ को हर समय अपने कन्धों पर उठाए रखे और उसकी पीड़ा अथवा कष्ट को आत्मपीड़न अथवा

आत्मत्याग की संज्ञा देता फिरे। तो फिर आप ही क्यों अपने मन पर बेकार का बोझ ओढ़ते हैं, और इस प्रकार अपने को कोसकर या आत्म–तिरस्कार करके इस बोझ को बढ़ाते हैं? आप अपने बोझ और अपनी मुसीबतों को एकसाथ ही क्यों नहीं उतार फेंकते; और इस प्रकार अपने–आप प्रसन्न होते हुए संसार की प्रसन्नता में क्यों नहीं वृद्धि करते? किसी दुःखदायी बोझ को लगातार उठाए फिरना ऐसा काम है, जिसे उचित सिद्ध नहीं किया जा सकता। जैसे भौतिक जगत् में, एक बोझ तभी उठाया जा सकता है जब उसे कहीं पहुंचाना आवश्यक होता है, और वह बोझ दुःख का कारण कभी नहीं होता, वैसे ही आत्मिक जगत् में, तभी चिन्तन का भार वहन किया जाता है जब कोई ऊंचा उद्देश्य सामने रहता है। और जब वह लक्ष्य प्राप्त कर लिया जाता है तो चिन्तन का वह भार भी हटाकर परे रख दिया जाता है। इस प्रकार का भार दुःख का स्रोत होने की बजाय आह्लाद का कारण बन जाता है।

हम यह तो कहते हैं कि कुछ साधु-फकीर अपनी देह को जो यातना देते हैं, वह बिलकुल अनावश्यक और बेईमानी है, पर इतने सारे लोग अपने–आप जो मानसिक यातना ओढ़े रहते हैं, क्या वह अवांछित और व्यर्थ नहीं है?

हां तो, ऐसा भार कहां है जो अप्रसन्नता और चिन्ता का कारण बनता है? दरअसल ऐसे भार का कहीं कोई अस्तित्व नहीं है। अगर कोई काम करना है तो उसे खुशी-खुशी करना चाहिए, न कि, अन्दर ही अन्दर कुढ़ते हुए, अथवा रोते-झींखते हुए। पग-पग पर कर्तव्य हमारे सामने आते हैं। वे तभी हमें बोझिल लगते हैं जब हम उनसे आत्मीयता नहीं जोड़ पाते। जो व्यक्ति किसी आवश्यक काम को लापरवाही से या कोसते हुए पूरा करता है, और अवांछनीय सुखों अथवा आनन्दों की फिराक में रहता है उसे विपदा और निराशा के बिच्छुओं के डंक सहने को प्रस्तुत रहना चाहिए। उसे थकान और बेचैनी के बोझ को दुगुना करके उठाने के लिए तैयार रहना पड़ेगा।

ओ मेरे मन, तू सुकार्य करने को जाग!
तू ऊंचाई पर जाने के लिए अपने पंख फड़फड़ा!
तू जीवन का गीत नये स्वर से गा!
तू सत्य और भलाई का,

असत्य पर जीत पाने का, राग छेड़
तू अपने गीत को श्रेष्ठतर और मधुरतर बना!
तू अपने संशय, चिन्ता और दुःखों में से
एक उल्लास और आनन्द की तान निकाल!
तू अपने पंथ के कंटकों से आनन्द का मुकुट रच डाल!
ओ मेरे मन, तू मधुर स्वर से गा!

आपको यह संकल्प लेना चाहिए :

जीवन में जो कर्तव्य हैं उन्हें पूरा करने के लिए मैं हर्ष और निःस्वार्थ-भावना के साथ बड़ी लगन से जुट जाऊंगा, और यद्यपि मेरे सिर पर उत्तरदायित्व का भारी बोझ होगा, परन्तु उसके कष्टकर वज़न के प्रति में बेखबर रहूंगा।

आप कहते हैं कि अमुक काम आपको परेशान कर रहा है, आपके लिए बोझ बना हुआ है, अथवा इस ख्याल के बोझ से आप दबे जा रहे हैं; "मैंने इसे अपने हाथ में ले लिया है और अब मुझे इसको वहन करना ही होगा, पर दरअसल है वह बड़ा बोझिल और उकताने वाला काम।"

लेकिन ज़रा ख्याल कीजिए कि क्या वास्तव में आपका काम बोझिल है, अथवा आपका स्वार्थ है जो आपको दबाए चला जा रहा है। मैं आपको आगाह कर देना चाहता हूं कि जिस काम को आप बन्धन समझ रहे हैं, वही आपकी स्वतन्त्रता या मुक्ति का प्रथम द्वार है; और जिस काम को आप स्थायी मुसीबत की जड़ समझते हैं वही वास्तविक सुख एवं सफलता अपने अन्दर समेटे हुए है। आपका काम एक दर्पण की तरह है जिसमें आप अपना प्रतिबिम्ब देखते हैं, और अपने काम के अन्दर आपको जो रूखापन या नीरसता दिखाई देती है वह आपकी उस मानसिक अवस्था की प्रतिच्छाया है जिससे आप उस काम को करते हैं। ज़रा काम के प्रति अपनी मनोदशा में सुधार करके देखिए तो सही, आपको लगेगा कि काम का तो स्वरूप ही सहसा बदल गया है और वह स्फूर्ति एवं सुख-सफलता एक साधन बन गया है। यदि आप दर्पण में मुंह बिगाड़कर देखें और उसमें आपको अपनी शक्ल भद्दी दिखाई दे, तो क्या आप दर्पण को कोसेंगे या कि अपने चेहरे पर

मुस्कान लाएंगे ताकि दर्पण में भी आपको प्रसन्न मुखाकृति दिखाई दे सके?

अगर आप समझते हैं कि प्रमुख कार्य को करना उचित एवं आवश्यक है, तो उसे पूरे मन से ही कीजिए, और यदि आप उसे मन से नहीं करेंगे, तो वह बोझिल बन जाएगा। स्वार्थभय भावनाओं से वह काम विद्रूप हो जाएगा। अगर उस कार्य को करना न तो उचित है और न ही आवश्यक, तो किसी लालसावश उसे करना एक मूर्खता-भरा कृत्य करना होगा जोकि व्यक्ति को भारी उलझनों में ले जाकर फंसा देगा।

आपका कर्तव्य, जिससे आप जी चुराते हैं, वस्तुत: आपको सत्य- मार्ग पर रखने वाला देवदूत है; और भौतिक सुख, जिसके पीछे आप दौड़ रहे हैं आपका चापलूस शत्रु है। अनजान आदमी, तुम कब होश में आओगे और विवेक पर चलोगे?

प्रकृति अपनी सृष्टि को सन्तुलित रखने के लिए सभी प्राणियों को सभी जगह और हर समय बुद्धिमत्ता की ओर प्रेरित करती रहती है। मूर्खता और स्वार्थ से जो उत्कट क्लेश अथवा कष्ट का प्रादुर्भाव होता है, वह मनुष्य के लिए अच्छा ही सिद्ध होता है, क्योंकि वह मनुष्य की जड़ता और निराशा को दूर करके उसे कर्मठ बना देता है। वस्तुतः क्लेश निराशा का शत्रु और बुद्धिमत्ता का सन्देशवाहक है।

पीड़ा क्या है? दुःख क्या है? बोझ क्या है? उद्वेग पीड़ा है; अज्ञानता दुःख है, और स्वार्थ बोझ है। मन के उद्वेग, अज्ञानता और स्वार्थ को अपने हृदय एवं अपने व्यवहार से दूर कर दीजिए, इससे आपके जीवन से क्लेश मिट जाएगा। बोझ हल्का करने का अभिप्राय यह है कि आप अपने मानस में से स्वार्थ का परिहार करके, उसके स्थान पर पवित्र प्रेम को अपनाइए। अपने हृदय को प्रेम से आप्लावित करके आप कर्म की ओर बढ़िए, आप पाएंगे कि आपका हृदय हल्का और प्रफुल्लित हो उठा है।

मन अपनी अज्ञानता से अपने लिए भार पैदा कर लेता है और अपनी इच्छा से ही उसका दण्ड भुगतता रहता है। किसी व्यक्ति को बोझ उठाने को विवश नहीं किया जाता। मनुष्य इसे अपने-आप लादे फिरता है। बुद्धि मन का असली राजा है। जब लालसा उसका सिंहासन छीन लेती है तो मानसिक राज्य में विप्लव हो जाता है। सांसारिक भोगों की आसक्ति

आगे-आगे चलती है और पीछे भोग-जनित भारीपन तथा उसकी असह पीड़ा आते हैं। अब आप जिसे चाहें चुन सकते हैं। यद्यपि आप भौतिक लालसाओं से बंधे हों और अपने-आपको उनमें से निकलने में बिलकुल असमर्थ समझते हों, तो भी आप उन बंधनों से मुक्त हो सकते हैं। आप इस हीन दशा को धीरे-धीरे पा सकते हैं, और इस तरह लालसा को मन के सिंहासन से हटाकर फिर से बुद्धि को उसपर बिठा सकते हैं। भोग-विलास को हृदय से लगाने से पूर्व तो आप बुराई से बच सकते हैं; किन्तु यदि आपने एक बार उसे अपना लिया, तब तो उसके दुष्परिणामों को भोगकर ही आपको अक्ल आएगी। ज्यों ही आप कर्तव्य पूरा करने का निश्चय करते हैं, त्यों ही बुराई से बचने का संकल्प निर्धारित हो जाता है, क्योंकि कर्तव्य पूरा करने का निश्चय करते ही सभी स्वार्थपूर्ण विचार, सभी कुत्साएं, कुण्ठाएं और हाहाकार हृदय से निकल जाते हैं। कर्तव्य निश्चित करने या उत्तरदायित्व ओढ़ने की क्रिया यदि प्रेम और विवेक से सम्पन्न होती है तो उसका बोझ हल्का हो जाता है।

हीन विचारों एवं स्वार्थमय लालसाओं से मनुष्य पर बोझ और भी ज्यादा और असहनीय हो जाता है। यदि आपकी परिस्थितियां विकट हैं, तो समझिए वे इसीलिए क्योंकि आपको उनकी आवश्यकता है। वे आपके हित के लिए हैं, और आप उनका सामना करने के लिए अपनी शक्ति का प्रसार कर सकते हैं। वे आपको इसीलिए विकट लगती हैं क्योंकि आपके मन में दुर्बलता का अंश है, और वे तब तक भयावह लगेंगी जब तक आप उस कमज़ोरी को अपने मन से बाहर निकाल नहीं फेंकते। आपको तो खुश होना चाहिए कि आपके सामने और सबल तथा और बुद्धिमान बनने का शुभ अवसर आया है।

विवेक के सामने कोई भी परिस्थितियां 'विकट' नहीं हैं; प्रेम के आगे कुछ भी पेचीदा नहीं है। अपनी बुरी परिस्थितियों को कोसना बन्द कीजिए और अपने आसपास के व्यक्तियों के जीवन पर दृष्टिपात कीजिए।

एक ऐसी महिला है जिसका परिवार बड़ा है और जिसे बहुत थोड़े बेतन पर गुज़ारा चलाना पड़ता है। वह अपना घर का सारा कामकाज खुद करती है, घर के कपड़े धोने से लेकर बीमार पड़ोसियों की देखभाल

तक उसे करनी होती है। वह ऋण और निराशा के दलदल से बिलकुल बचे रहने में यत्नशील रहती है। वह सुबह से लेकर रात तक प्रफुल्ल रहती है और कठिन परिस्थितियों में घिरे होने की कभी शिकायत नहीं करती। वह सदैव प्रसन्नचित्त रहती है क्योंकि वह निःस्वार्थ है। वह इस विचार में सन्तुष्ट रहती है कि वह दूसरों के सुख का कारण बन रही है। यदि वह सोचने लगे कि काश, मैं भी छुट्टियों में मौज करती, मैं भी सुन्दर खिलौने खरीदती और आराम से समय व्यतीत करती! क्या ही अच्छा होता कि मैं नाटक या सिनेमा देखती, संगीत सुनती, नई किताबें पढ़ती, अच्छी-अच्छी पार्टियों में भाग लेती, अच्छे-अच्छे सम्बन्ध कायम करती और कई तरह के आनन्द मनाती। काश मेरी परिस्थितियां कुछ ठीक होतीं। यदि वह इस तरह कुढ़ती रहती तो सोचिए भला वह कितनी आपदग्रस्त महिला होती। उस परिस्थिति में उसका काम कितना असहनीय और भारी हो जाता। घर का छोटे से छोटा काम भी उसे ऐसे प्रतीत होता जैसे कोई भारी पत्थर उसकी गर्दन से बंधा हुआ हो, जिससे वह मरघट तक घिसटती चली जाएगी और शीघ्र ही स्वार्थ के हाथों उसका अन्त हो जाता। लेकिन इस महिला के उदाहरण में यह बात लागू नहीं होती। क्योंकि वह व्यर्थ की लालसाओं में लिप्त नहीं है, इसलिए वह सब तरह के बन्धनों से मुक्त और प्रसन्न है। हर्ष और निःस्वार्थता परस्पर गहरे मित्र हैं। जहां प्रेम होता है वहां काम का भार नहीं प्रतीत होता।

एक दूसरी महिला है जिसकी ऊपर की आमदनी भी आवश्यकता से अधिक है और जो खूब ठाट-बाट और विलास के साथ रहती है। उसे कुछ सामाजिक कार्य करने में अपना कुछ समय, कुछ आराम और कुछ रुपये-पैसे का भाग लगाना पड़ता है, जिसे वह लगाना नहीं चाहती जबकि उसे वह काम प्रेम के साथ करना चाहिए था। उसके हृदय में कुछ अपूर्व लालसाएं बनी हुई हैं। वह निरन्तर असंन्तुष्ट अथवा अप्रसन्न रहती है तथा विपरीत परिस्थितियों की शिकायत करती रहती है। असन्तोष और स्वार्थ जुड़वां भाई हैं। स्वार्थ से काम करने का आनन्द जाता रहता है।

जीवन ऐसे परस्पर विरोधी कितने ही उदाहरणों से भरा पड़ा है। ऊपर

कहे गए दो उदाहरणों में से किसकी परिस्थितियां विकट हैं? क्या यह सत्य नहीं है कि दोनों में से किसीकी परिस्थितियां विकट नहीं हैं और दोनों में जितने परिमाण में प्रेम या स्वार्थ भरा है उसी परिमाण में वे सुखी या दुखी हैं। क्या सारी बात की जड़ व्यक्ति के मन में नहीं गड़ी है और परिस्थितियों में निहित है?

जब एक व्यक्ति धर्मशास्त्र के किसी अंग का अध्ययन प्रारम्भ करता है तो वह कहता है, "यदि मैं पत्नी और बच्चों का बोझ अपने ऊपर न लादता तो मैं बहुत बड़ा काम कर सकता था; और यदि मुझे कुछ बरस पहले यह बात मालूम होती तो मैं कदापि विवाह न करता!" मेरा विश्वास है कि उस व्यक्ति ने अभी तक बुद्धिसंयत और सीधा-सच्चा महान मार्ग ही नहीं अपनाया है (क्योंकि पश्चात्ताप से बढ़कर कोई मूर्खता नहीं है) और जिस महान काम को करने का वह इतना इच्छुक है उसे वह नहीं कर पाएगा–वह उसके योग्य ही नहीं।

अगर किसी इन्सान के दिल में मनुष्य मात्र के लिए इतना प्रेम है कि वह मनुष्यता के लिए महान कार्य करने का इच्छुक है, तो वह सदैव उस अबाध प्रेम को अभिव्यक्त किए बिना नहीं रहेगा, चाहे वह कैसी भी स्थिति में क्यों न हों। उसका घर प्रेम से भर उठेगा। और वह जहां भी जाएगा उसके निःस्वार्थ प्रेम का सौन्दर्य, माधुर्य और शान्ति सभी उसके साथ रहेंगे। वह अपने पास के व्यक्तियों को प्रसन्न रखते हुए सभी चीज़ों को अच्छा बनाता चला जाएगा। जो प्रेम बाहर तो प्रदर्शित किया जाता है, लेकिन घर में दृष्टिगोचर नहीं होता, वह प्रेम नहीं है, बल्कि प्रेम का अभिनय है।

कई उपदेशकों और प्रचारकों का पारिवारिक जीवन ऐसा होता है जिसमें हर्ष का नाम–निशान नहीं होता। वे अपने बच्चों की बेहद उपेक्षा करते हैं। वे प्रचारक आत्मवंचना के शिकार होते हैं। वे समझते हैं कि घर छोड़कर वे समाज-कल्याण का कार्य कर रहे हैं। वस्तुत: वे अपने हाथों पैदा किए कष्टों को धार्मिक भार समझकर ढोते हैं।

केवल एक महान व्यक्ति ही महान कार्य कर सकता है; और वह जहां भी होगा, महान होगा। वह किन्हीं ही परिस्थितियों में क्यों न घिरा

होगा, वह श्रेष्ठ कार्य ही करेगा क्योंकि वह अपने कार्य की महत्ता को जान लेता है।

आप जो मानवता की सेवा अथवा सम्पर्क में आए व्यक्तियों की सहायता के लिए इतने विह्वल हो रहे हैं, आपको चाहिए कि इस कार्य को अपने घर से आरम्भ करें। अपने पड़ोसी, अपनी पत्नी और अपने बच्चे का हित कीजिए। पथभ्रष्ट मत होइए। जब तक आप पूरी निष्ठा से अपने पास के और अपने छोटे व्यक्तियों की सहायता नहीं करेंगे, तब तक आप दूर के, अथवा बड़े व्यक्तियों का भला नहीं कर सकते।

यदि किसी व्यक्ति ने अपनी ज़िन्दगी के बहुत-से बरस भोग–विलास और विषय–वासना में गुज़ारे हैं, तो यह आवश्यक हो जाता है कि उसका संचित किया हुआ पाप अन्त में उसे अपने भार से परेशान करे, क्योंकि जब तक उसपर गलतियों का असह्य भार नहीं पड़ेगा, तब तक उन्हें करने से बाज़ नहीं आएगा और न ही वह श्रेष्ठ जीवन का मार्ग अपना सकेगा। किन्तु जब तक वह अपने उत्पन्न किए हुए पाप को ईश्वर द्वारा दिया हुआ समझता है, या यों समझता है कि यह बड़प्पन की निशानी है, अथवा यह कि इसे भाग्य, परिस्थितियों या दूसरे लोगों ने उसके सिर पर डाल दिया है, तो समझिए कि वह अपनी मूर्खता को व्यापक बना रहा है, अपने पापों के भार को बढ़ा रहा है, अपनी पीड़ाओं और दु:खों में वृद्धि कर रहा है।

लेकिन जब वह इस तथ्य को समझ लेगा कि ये पाप उसीके पैदा किए हुए हैं और उसीके अपने कार्यकलाप के संचित परिणाम हैं, तब वह भयंकर आत्महीनता से छुटकारा पा सकेगा और ऐसे बोझ को हल्का करने के उपाय निकाल पाएगा। जब इस तथ्य को देखने के लिए वह अपनी आंखें खोलेगा कि उसका हरेक विचार और कार्य उसके जीवन– मन्दिर के निर्माण में ईंट और पत्थर का काम देगा, तब वह अपनी अन्तर्दृष्टि का विकास करेगा। तब वह जान जाएगा कि अब तक के उसके कार्य दोषपूर्ण थे; और फिर वह भविष्य में अधिक योग्यता और दृढ़ता से उन्हें सम्पन्न करने की चेष्टा करेगा।

कष्टकर भार जीवन में आवश्यक है, लेकिन तभी तक जब तक हममें

प्रेम और विवेक का संचार नहीं हो जाता।

सुख एवं सफलता का मन्दिर संकट और अपमान के बाहरी परकोटों से घिरा है और वहां पहुंचने के लिए यात्री को इन परकोटों के अन्दर होकर जाना पड़ता है। उन बाहर वाले परकोटों में उसे थोड़े समय के लिए ठहरना पड़ता है। पर केवल उस समय तक जब तक कि भ्रम के कारण उन्हीं को लक्ष्यस्थान समझता है। जब तक वह अपने ऊपर तरस खाता रहता है और दुःख को पवित्र समझता है, तब तक दुःख से छुटकारा नहीं पा सकता। किन्तु जब वह आसक्ति से मुक्त होकर, यह मन में बैठा लेगा कि दुःख तो केवल साधन है, साध्य नहीं, तब वह अपने मन और मन के विचारों को पवित्र करके, उन बाहरी परकोटों में से होते हुए सुख अथवा शान्ति के मन्दिर में प्रविष्ट होगा।

कष्ट पूर्णता में नहीं उत्पन्न होता, बल्कि अपूर्णता में होता है। यह समग्रता का चिह्न नहीं है, बल्कि अधूरेपन का लक्षण है; अतः इसे पार करके आगे बढ़ा जा सकता है। इसके उत्पन्न होने के कारण की खोज–पड़ताल की जा सकती है, उसे समझा जा सकता है और हमेशा के लिए दूर किया जा सकता है।

इसलिए यह सत्य है कि सुख अथवा विश्राम की प्राप्ति के लिए हमें कष्ट में से और शान्ति की प्राप्ति के लिए हमें निर्धनता में से गुज़रना पड़ता है। किन्तु आपद्ग्रस्त आदमी को यह नहीं भूलना चाहिए कि उसे केवल कष्टों में से गुज़रना है, उनमें रम जाना नहीं। कष्ट तो मात्र द्वार है, आवास स्थान नहीं। निर्धनता तो एक रास्ता है, मंजिल नहीं; और इससे थोड़ा आगे बढ़कर वह कष्टरहित और सुखमय विश्राम को प्राप्त करेगा।

थोड़ा-थोड़ा करके बोझ इकट्ठा हो जाता है, और धीरे-धीरे बढ़ता ही चला जाता है, किन्तु मालूम नहीं पड़ता। विचारशून्य आवेग, प्रबल अहंकार और अन्य लालसा की उत्पत्ति तथा बार-बार तुष्टि, अपवित्र विचारों का प्रसार, कटु वचन, और मूर्खता की बातें आदि आगे चलकर अनेक असह्य दोषों का रूप ग्रहण कर लेती हैं। प्रारंभ में कुछ काल तक तो यह बोझ महसूस नहीं होता; किन्तु दिन पर दिन यह बढ़ता जाता है और एक समय ऐसा आता है जब स्वार्थ के कड़वे फल एकत्रित हो जाते

हैं और जीवन की थकान से हृदय क्षुब्ध हो जाता है। तब बढ़ा हुआ यह बोझ अपने गुरुतर भार के साथ महसूस होने लगता है। जब ऐसा समय आए तो आपद्ग्रस्त व्यक्ति को चाहिए कि वह अपने अन्दर झांके; और बोझ कम करने के उपायों की तलाश करे जिससे श्रेष्ठतर एवं मधुरतर जीवन बिताया जा सके। यदि मनुष्य को ऐसा उपाय मिल जाए तो उसे स्वस्थ मन से दैनिक कर्तव्यों को वहन करते हुए चिरस्थायी सुख प्राप्त हो सकता है।

पांचवा सोपान

मानसिक विकारों का त्याग

सत्य तुम्हारे भीतर विद्यमान है।
तुम किसी भी मत में विश्वास क्यों न रखते हो,
उससे कुछ अन्तर नहीं पड़ता
क्योंकि वह स्थूल पदार्थों से उत्पन्न नहीं होता!

–ब्राउनिंग

यह बात सत्य के विरुद्ध–सी प्रतीत होती है कि हमें त्याग से लाभ होता है और आसक्ति से हानि। जब हमें किसी गुण की प्राप्ति होती है तो दोष का कुछ न कुछ क्षय आवश्यक हो जाता है। किसी पवित्र गुण की प्राप्ति का अर्थ होता है किसी स्वार्थपूर्ण विलास का त्याग। सत्य के पथ पर ज्यों-ज्यों कदम बढ़ाया जाता है, त्यों-त्यों असत्य अथवा अहंकारपूर्ण दोषों को छोड़ना पड़ता है।

जब व्यक्ति नये वस्त्र पहनना चाहता है तो उसे पहले पुराने वस्त्रों को उतारना पड़ता है। इसी प्रकार जब व्यक्ति सत्य की उपलब्धि करना चाहता है तो उसे झूठ का परित्याग करना पड़ता है। माली पौधों की 'निराई'

इसलिए करता है ताकि उन्हें अभीष्ट भोजन मिल सके। इसी तरह बुद्धि का पौधा भी निराई में उखाड़ी गई त्रुटियों के फलस्वरूप ही फलता-फूलता हैं। निर्माण के लिए त्याग की आवश्यकता होती है। यदि आप कुछ प्राप्त करना चाहते हैं तो आपको कुछ न कुछ छोड़ना अवश्य पड़ेगा।

सच्चा अथवा आनन्दमय जीवन, जो कि मनोविकारों अथवा कष्टों में त्रस्त नहीं होता, केवल त्याग से प्राप्त होता है। वह त्याग बाहरी चीज़ों का नहीं, बल्कि भीतरी गलतियों और पापों का करना चाहिए, क्योंकि यही, और केवल यही ऐसे दोष हैं जोकि जीवन में कष्टों अथवा आपदाओं को लाते हैं। अच्छाई और सच्चाई के त्याग की ज़रूरत नहीं है, बल्कि बुराई और झूठ को छोड़ने की आवश्यकता है। इसलिए परित्याग में हमें अन्ततः लाभ ही लाभ है, हानि नहीं। यद्यपि त्याग के परिणामस्वरूप प्रत्यक्ष रूप में जो हानि होती है। वह दुःसह प्रतीत होती है तथा वह त्याग स्वयं में दुःखदायी लगता है, लेकिन इसका कारण यह है कि मनुष्य आत्मवंचना और अन्धकार में डूबा हुआ है और ये भ्रम और अन्धकार मनुष्य को स्वार्थ की ओर ले जाते हैं तथा मनुष्य का स्वभाव यह है कि जब उसके स्वार्थ के किसी अंश को हानि पहुंचती है तो उसे कष्ट होता है। जब कोई शराबी शराब छोड़ने का निश्चय करता है तो उसे काफी दिनों तक बड़ा कष्ट सहन करना पड़ता है, और वह समझता है कि वह एक महान आनन्द को झुठला रहा है; किन्तु जब वह व्यक्ति उसपर पूरी तरह विजय पा लेता है, जब उसकी लालसा मर जाती है और उसका मन शान्त और स्वस्थ हो जाता है, तो उसे ज्ञान होता है कि स्वार्थपूर्ण पशुवृत्ति छोड़कर उसको असीम लाभ हुआ है; जो कुछ उसने गंवाया है दोषपूर्ण और झूठा था और वह सुरक्षित नहीं, बल्कि अगर वह उसे सहेजकर रखता तो निरन्तर संकटग्रस्त रहता किन्तु सदाचार, आत्म-नियन्त्रण, संयम और मानसिक शान्ति में उसका जो हित हुआ है वह श्रेष्ठ एवं सच्चा हित है और उसकी प्राप्ति उसके लिए आवश्यक थी।

सब तरह के सच्चे त्याग की यही स्थिति है। प्रारम्भ में और जब तक यह पूरा नहीं होता, तब तक यह कष्टप्रद रहता है; और यही कारण है कि लोग इससे कतराते हैं। वे स्वार्थ, सुख, भोग को त्यागने और उनपर विजय प्राप्त करने से कोई लाभ नहीं देख सकते। उनको लगता है कि जैसे वे

सुखदायक आनन्दों को खो रहे हैं; आपत्तियों का आह्वान कर रहे हैं और सभी प्रकार के सुखों और इच्छाओं का परित्याग किए दे रहे हैं।

जब तक मनुष्य लाभ या पुरस्कार का विचार किए बिना हानि उठाने को प्रस्तुत नहीं हो जाता तब तक वह निःस्वार्थ नहीं हो सकता और न ही उच्चतम स्थिति तक पहुंच सकता है। इस प्रकार की मनोदशा ही मनुष्य में स्वार्थहीनता लाती है। मनुष्य को अपनी स्वार्थभरी आदतों और कामों को त्यागने के लिए प्रस्तुत रहना चाहिए, क्योंकि यह अयथार्थ और अनुचित हैं। बिना अपने किसी लाभ को ध्यान में रखे अपने सम्पर्क में आने वाले लोगों को सुख देने के लिए त्याग करना चाहिए। इतना ही नहीं, मनुष्य को यह देखना चाहिए कि यदि उसके किसी कार्य से संसार अधिक सुन्दर और अधिक सुखी हो सकता हैं तो उसे आनन्द और सुख, और यहां तक कि अपने जीवन तक का बलिदान करने को प्रस्तुत रहना चाहिए। किन्तु क्या इस प्रकार वह हानि में रहेगा? क्या कोई कंजूस हानि में रहता है जब वह धन-दौलत की लालसा का परित्याग करता है? क्या कोई आवारा हानि में रहता है जब वह अपने अनुचित भोग-विलासों से छुटकारा पाता है? स्वार्थ के आंशिक अथवा पूर्ण त्याग से किसी को हानि नहीं होती, तो भी मनुष्य सोचता है कि ऐसा करने से उसे हानि होती है। और चूंकि वह ऐसा सोचता है, इसलिए उसे हानि होती है। यही वह जगह है जहां हमें उत्सर्ग अथवा त्याग की आवश्यकता पड़ती है–जहां हम कुछ त्यागकर अथवा खोकर लाभान्वित होते हैं।

सच्चा त्याग भीतरी होता है; यह आत्मिक है और है छुपा हुआ। यह हृदय की गहरी विनम्रता से कुछ उद्बुद्ध होता है। आत्मत्याग के बिना कुछ भी सम्भव नहीं, और जो मनुष्य आध्यात्मिक उन्नति करना चाहते हैं, उन सबको देर या सबेर, इसी की शरण में आना पड़ता है। लेकिन यह आत्मत्याग है क्या? यह आत्मत्याग कैसे किया जाता है? इसे कहां ढूंढ़ा और पाया जाए? हां तो, अपने दैनिक विचारों और कार्यों में पाई जाने वाली स्वार्थमय अधोमुखी प्रवृत्ति पर नियन्त्रण करना ही आत्मत्याग है। दूसरों के साथ अपने सामान्य व्यवहार में इसे कार्य रूप में लाया जा सकता है, और अब रही बात यह कि इसे प्राप्त कहां किया जाए, सो आप इसे क्षोभ और उत्तेजना के क्षणों

में प्राप्त कर सकते हैं।

बहुत–से लोग कोई ऐसा महान कार्य करने को लालायित रहते हैं, जो कि उनकी अनुभूति की सीमा के बाहर का होता है; जबकि वे कदाचित् एक आवश्यक कार्य की अवहेलना किए रहते हैं, एक परम कर्तव्य के प्रति बहरे बने रहते हैं। आपका दोष कहां है? आपकी कमी किसी बात में है? मनोवेग आपको सबसे अधिक कहां परेशान करते हैं? ध्यान से देखिए और यहीं से आपका पहला आत्मत्याग प्रारम्भ होगा, और यहीं आप शान्ति का मार्ग पा सकेंगे।

शायद आप क्रोध या कठोरता के दोष से ग्रस्त हैं। क्या आप अपने दुर्वचन, कुविचार और कुकृत्य का त्याग करने को प्रस्तुत हैं? क्या आप गाली-गलौज, आक्षेप, दोषारोपण और दुर्व्यवहार को चुपचाप, बिना किसी प्रतिवाद के, सहन करने को प्रस्तुत हैं? केवल इतना ही नहीं, क्या आप इन अपकारों के बदले, कृपा और प्रेम की वर्षा करने को प्रस्तुत हैं? यदि ऐसा है तो समझ लीजिए कि आप उन त्यागों को करने की स्थिति में हैं जोकि परम सुख की ओर ले जाते हें।

यदि आपकी प्रकृति में क्रोध या कठोरता है तो उसे छोड़ दीजिए। आपके हृदय की ये कठोर, क्रूर और अस्वस्थ दशाएं आपका हित कदापि नहीं करेंगी, आपको व्याकुलता, विपत्ति और मानसिक दिवालियेपन के अलावा कभी कुछ नहीं मिलने का। और दूसरों को भी दुःख के अतिरिक्त वे कुछ नहीं दे सकती। कदाचित् आप कहेंगे : “लेकिन पहले उसने मुझसे ज़्यादती की।” शायद बात ठीक हो, लेकिन सोचिए, अपने-आपमें यह कितना ओछा बहाना है! कितनी थोथी और बेबुनियाद आड़ है? क्योंकि यदि दूसरे का दुर्व्ययहार आपको चुभता हैं और कष्टकर लगता हैं, तो बदले में किया गया आपका दुर्व्यवहार भी उसे उतना ही बुरा लगेगा। यदि दूसरे ने आपके साथ दुर्व्यवहार किया है तो इसमें तो कोई औचित्य नहीं है कि आप भी बदले में वैसा ही व्यवहार करें; बल्कि ऐसे अवसर पर आपकी ओर से पहले से भी अधिक सहृदयता बरती जानी चाहिए। क्या उमड़ते हुए जल-प्रवाह में और पानी डालने से बाढ़ रुक सकती है? नहीं। इसी प्रकार दुर्व्यवहार का उत्तर वैसे ही व्यवहार से देने में दुर्ववहार कम नहीं किया

जा सकता। क्या आग आग को बुझा सकती है?–नहीं। इसी तरह क्रोधपूर्ण व्यवहार से क्रोध पर नियन्त्रण नहीं किया जा सकता।

सब प्रकार के दुर्व्यवहार एवं बौखलाहट का परित्याग कीजिए। ताली दो हाथों से बजती है, इसलिए दूसरा हाथ मत बनिए। यदि कोई व्यक्ति आपसे रुष्ट अथवा क्रुद्ध है तो यह ढूंढ़ने का यत्न कीजिए कि आपसे गलती कहां पर हुई है? और चाहे आपसे गलती हुई हो या नहीं, आप बदले में, कटु वचन मत कहिए अथवा दुर्व्यवहार मत कीजिए। शान्तचित्त, आत्मनिर्भर और दयालु बने रहिए और भलाई के सतत प्रयास में जुटकर अपकारियों पर करुणा करना सीखिए।

शायद आप स्वभाव से ही अधीर और चिड़चिड़े हैं। ऐसी स्थिति में आप मालूम कीजिए कि आपको किन-किन बातों का त्याग करना है। जिस बात पर आपका मन विचलित होता है, उसे रोकिए। संकल्प कीजिए कि आप अधीरता के बस में कभी न होंगे, बल्कि इसपर विजय प्राप्त करके इसे अपने मन से निकाल बाहर करेंगे। अधीरता को घड़ी-भर भी अपने पास न रहने दीजिए। दूसरों के दोषों और मूर्खता-भरी बातों के कारण अपनी मानसिक स्थिति न बिगड़ने दीजिए। दूसरे चाहे जो भी कहें या जो भी करें; चाहे वे आपका मज़ाक क्यों न उड़ाएं, परन्तु आप धीरज न छोड़िए। अधीरता निरर्थक ही नहीं, बल्कि यह जिस कमी को दूर करने के लिए पैदा होतीं है उसीको बढ़ाती है। अधीरता और चिड़चिड़ापन सदैव कमज़ोरी और असमर्थता के सूचक हैं। इसके विपरीत, मौन, दृढ़ और नियन्त्रित कदम बहुत प्रभावशाली सिद्ध होते हैं।

चिड़चिड़ापन और अधीरता से आपको क्या मिलता है?–क्या इनसे आपको आराम, शान्ति व सुख मिलता है? नहीं! तो क्या ये आपको या आपके साथियों को विचलित नहीं करते?–ठीक है ये आपको विचलित करते हैं, दूसरों पर भी इसका दुष्प्रभाव पड़ता है। यद्यपि आपके चिड़चिड़ेपन का दुष्प्रभाव दूसरों पर भी पड़ता है, परन्तु सबसे अधिक यह निस्संदेह आपको ही हानि, कष्ट अथवा आघात पहुंचाता है।

अधीर व्यक्ति को सच्चा आनन्द प्राप्त नहीं होता, क्योंकि वह निरन्तर अन्दर ही अन्दर दुःखी और अस्थिर बना रहता है। वह धैर्य की विलक्षणता

और अक्षय आनन्द से अनजान बना रहता है। और शान्ति उसके समीप नहीं फटक सकती।

सच्चा आनन्द तब तक प्राप्त नहीं हो सकता जब तक आप कातरता का त्याग नहीं करते; कातरता के त्याग का अर्थ है सहनशीलता का विकास, क्षमा-प्रवृत्ति का अभ्यास और मन की कोमल भावना का जन्म और अभ्युदय। जब अधीरता और चिड़चिड़ेपन से बिलकुल निजात पा ली जाती है, और स्वार्थशीनता की बलिवेदी पर इन्हें अन्तिम रूप से चढ़ा दिया जाता है, उसी समय मूक और शान्त मानस के आनन्द की उपलब्धि होती है।

ऐसी छोटी-छोटी अनेक स्वार्थमय लिप्साएं हैं जिनमें से अधिकांश हमें हानिरहित प्रतीत होती हैं, और जिन्हें हम साधारणतया पाले रहते हैं। लेकिन वास्तव में कोई भी लिप्सा अथवा विलास ऐसा नहीं होता जो कि हानिरहित हो। लोग नहीं समझ पाते कि इन्द्रियों के गुलाम रहकर और स्वार्थपूर्ण आसक्तियों में लिप्त होकर वे और नित्यप्रति कितनी हानि उठाते हैं। जब मनुष्य में ईश्वरीय अंश प्रबल होने लगता है तब मनुष्य के अन्दर का पशुत्व क्षीण होने लगता है। पशुवृत्ति, चाहे वह कितनी निर्दोष और भली क्यों न प्रतीत होती हो, की ओर झुककर मनुष्य सच्चे मार्ग से भटक जाता है। जब भी आप अपने अन्दर के पशु को छूट दे देते हैं और उसे पनपने देते हैं, तभी वह प्रबल और निरंकुश हो उठता है और आपके मन व मस्तिष्क पर नियन्त्रण कर लेता है, जब तक मनुष्य कुछेक तुच्छ आसक्तियों का त्याग नहीं करता, तब तक वह यह नहीं जान पाता कि भोग-विलासिता में पड़कर उसने शक्ति, आनन्द, सदाचार और पवित्रता को किस सीमा तक खो दिया है। और जब तक मनुष्य भौतिक लालसाओं का परित्याग नहीं करता, तब तक वह स्थायी सुख की पूर्णता में प्रवेश नहीं पा सकता।

इस दंभ और लोलुपता से व्यक्ति अपने-आपको पतित बनाता है, आत्मसम्मान को खो बैठता है, और दुनिया में अच्छे काम करने के अपने प्रभाव और आत्मशक्ति से हाथ धो बैठता है। लालसाओं के पीछे अपनी अंधी दौड़ में वह अपने मानसिक अन्धकार को इतना बढ़ा लेता है कि वह वस्तुओं के मर्म को समझने की और सत्य को पहचानने की दृष्टि से वंचित हो जाता है। विलासिता सत्य की प्राप्ति के मार्ग में सबसे बड़ी

बाधक है। विलासिता का त्याग करके व्यक्ति अधीरता और संशयों से ऊपर उठ जाता है तथा अन्तर्दृष्टि व दृढ़ विश्वास की उच्च स्थिति को प्राप्त कर लेता है।

अत: आप अपनी चहेती विलासिता का त्याग कीजिए, अपने मन को क्षणिक सुखों की अपेक्षा अधिक ऊंचे, अच्छे और स्थायी आनन्द की दिशा में लगाइए, इन्द्रियों की आसक्ति से ऊंचा उठिए, इससे आपका जीवन व्यर्थ नहीं जाएगा और न वह अनिश्चय में पड़ेगा।

यदि आप अपने को ही ठीक समझने की भावना का परित्याग करें तो उसका बड़ा स्वस्थ व स्थायी प्रभाव पड़ेगा। हमें दूसरों के रहन-सहन, विचारों या धर्म में 'हस्तक्षेप नहीं करना चाहिए, अपितु उनके साथ सहिष्णुता, प्रेम व सहानुभूति का व्यवहार करना चाहिए। अपने कथन या अपनी सम्मति को ही प्रमाण समझना एक तरह के अहंकार अथवा स्वार्थ के अन्तर्गत आता है। यह प्रवृत्ति प्राय: विद्वानों और वक्ताओं में पाई जाती है। ऐसा करना अन्ध हठ कहलाता है। बहुधा तो हम इसे दोष रूप ही नहीं स्वीकार करते; किन्तु जब एक बार मस्तिष्क में सज्जनता और नि:स्वार्थ प्रेम का प्रवेश हो जाता है, तो इस हठ का खोखलापन और विकृत रूप हमारे सामने प्रकट होता है।

अपने कथन को ही सत्य मानने वाला व्यक्ति अपने ही मत को सत्य और न्याय की कसौटी समझता है। ऐसा व्यक्ति अपने से भिन्न मत रखने वालों के आचार-व्यवहार अथवा दृष्टिकोण को गलत समझता है। वह अपने दृष्टिकोण के अनुसार, दूसरों की गलतियों को ठीक करने का यत्न करता है। इस प्रकार वह अपने-आपमें सुधार करने से वंचित हो जाता है। जब दूसरे व्यक्ति उसमें सुधार करने के विचार से उसका विरोध करते हैं, तो उसके अहंकार को गहरी चोट पहुंचती है। परिणामस्वरूप वह सदा नाराज़, क्रुद्ध अथवा मन का कठोर बना रहता है। ऐसा व्यक्ति तब तक शान्ति, ज्ञान और उन्नति प्राप्त नहीं कर सकता जब तक वह दूसरे व्यक्तियों को अपने विचारों एवं कार्य-पद्धति के अनुसार चलाने का हठ नहीं छोड़ता। अपने को ही ठीक समझने वाला व्यक्ति न तो दूसरों की भावनाएं ही समझ सकता है, न दूसरों के कार्यों के साथ सहानुभूति ही रख सकता है। उसका मन ऐंठ

एवं कटुता से पंगु बना रहता है, अतः उसके भीतर सहानुभूति एवं संवेदना का संचार नहीं हो पाता।

जो व्यक्ति अपनी हठी प्रवृत्ति का त्याग कर देता है, जो अपने दैनिक सम्पर्क में आए लोगों के बीच अपने पूर्वाग्रहों और धारणाओं को परे रख देता है और दूसरों से सीखने तथा उन्हें समझाने का यत्न करता है, जो दूसरों को जीवन में अपनी सम्मति निर्धारित करने एवं अपना मार्ग चुनने की पूरी स्वतन्त्रता देता है (जैसी स्वतन्त्रता उसे स्वयं प्राप्त है) ऐसा व्यक्ति पहले की अपेक्षा एक अधिक गहरी अन्तर्दृष्टि, अधिक व्यापक उदारता और अधिक ऊंचा आनन्द का अनुभव करेगा, और उसे सुख और सफलता की एक ऐसी पगडण्डी दिखाई देने लगेगी जो कि पहले उसकी आंखों से ओझल थी।

उसके अनन्तर लोभ और लोभपूर्ण विचारों का परित्याग करना चाहिए। आपको इस बात का इच्छुक होना चाहिए कि आपके अतिरिक्त दूसरे भी ऐश्वर्य प्राप्त करें, ऐहिक पदार्थों में हमारी लोभवृत्ति न रहे, किन्तु इस बात का सन्तोष बना रहे कि दूसरे लोग उनका उपभोग कर रहे हैं और सुखी हो रहे हैं। बिना किसी स्वार्थ और दुर्भावना के आप ऐसी सांसारिक वस्तुओं पर अपना दावा छोड़ दें, जिन्हें प्राप्त करने के लिए दूसरे लोग लालायित हैं। जब आपके मन की ऐसी दशा हो जाएगी, तो आपको परम शान्ति और महान्-आध्यात्मिक संबल प्राप्त होगा। यही आत्मिक विकारों का सच्चा त्याग है।

भौतिक उपलब्धियां क्षणभंगुर हैं। और हम उन्हें वस्तुतः अपना नहीं कह सकते–वे तो मात्र बहुत थोड़े समय के लिए हमारे पास हैं। लेकिन आध्यात्मिक या मानसिक उपलब्धियां स्थायी हैं। वे सदा-सदा के लिए हमारे साथ रहती हैं। अनासक्ति ऐसी ही एक आध्यात्मिक उपलब्धि है। यह अवस्था तभी प्राप्त होती है जब हम भौतिक पदार्थों एवं ऐहिक सुखों में अपनी लालसा त्याग देते हैं, और जब हम अपनी सम्पन्नता को केवल अपने ही लिए नहीं समझते बल्कि जब हम उन्हें दूसरों के हित के लिए अर्पण करने को उद्यत रहते हैं।

निरासक्त व्यक्ति धन-वैभव से सम्पन्न होते हुए भी अपने मन में उस

सम्पत्ति से अपने-आपको अलग समझता है। उससे वह लोभवृत्ति में सदा पाई जाने वाली कटुता, भय और चिन्ता से मुक्त रहता है। वह अपनी भौतिक सम्पन्नता को इतना महत्त्वपूर्ण नहीं मानता जिसे छोड़ा न जा सके, बल्कि वह निरासक्ति को संसार के लिए अथवा पीड़ित मानवता के लिए एक महान् गुण मानता है।

अब आप ही बताइए कि सुखी कौन है? क्या वह है जो सम्पत्ति का अधिक से अधिक अम्बार लगाने को सदा लालायित रहता है और उससे केवल अपना व्यक्तिगत सुख पाने की बात सोचा करता है? अथवा वह है जो दूसरों की भलाई और खुशी के लिए अपना सर्वस्व न्यौछावर करने को प्रस्तुत रहता है? लोभवृत्ति से सुख का नाश हो जाता है और लोभ न करने से सोया हुआ सुख भी लौट आता है।

एक और महत्त्वपूर्ण त्याग है–घृणा का त्याग। अर्थात् दूसरों के प्रति सब प्रकार की दुर्भावनाओं, सब प्रकार की ईर्ष्या, नफरत और क्रोध का त्याग। यह एक महान् आध्यात्मिक सौन्दर्य है और मानवीय दुखों को दूर करने की ज़बरदस्त शक्ति रखता है। कटु भावनाएं और सुख एकसाथ नहीं रह सकते। ईर्ष्या एक भयानक आग है जो कि व्यक्ति के हृदय को जला डालती है और उसकी शांति व सुख के कोमल कुसुमों को झुलसा डालती है, और वह जहां जाती है वहां का कोना- कोना नरक बन जाता है।

घृणा के अनेक नाम हैं और अनेक रूप, लेकिन उन सबमें मूलतत्त्व एक ही है और वह है दूसरों के विरुद्ध क्रोध से उबलते विचार। दूसरों के प्रति सब प्रकार का क्रोध, उदासीनता, दुर्भावना और दुर्वचन ही घृणा है, और जहां घृणा है वहां सदेव दुःख का निवास है। जब तक व्यक्ति के हृदय में दूसरों के प्रति क्रोधपूर्ण विचार रहते हैं तब तक वह घृणा से छुटकारा नहीं पा सकता। जब तक मनुष्य उन लोगों के प्रति दयाभाव नहीं रख सकता जो उसे हानि पहुंचाने का यत्न करते हैं, तब तक उसका संयम पूर्ण नहीं कहला सकता। यदि आप सच्चे सुख की अनुभूति प्राप्त करना चाहते हैं, तो पहले आपको अपने व्यवहार में कोमल बनने का अभ्यास करना होगा।

दूसरे लोग आपके बारे में जो भी कहें और आपके साथ जो भी

व्यवहार करें, आप कभी उनसे दुर्व्यवहार मत किजिए। घृणा का उत्तर घृणा से मत दीजिए। यदि कोई व्यक्ति आपसे नफरत करता है तो सम्भव है, कि जाने या अनजाने आपके व्यवहार में कहीं कोई भूल रह गई हो, या कहीं कोई गलतफहमी हो गई हो जिसे थोड़े-से शिष्ट व्यवहार से या व्यावहारिक तर्क से दूर किया जा सकता है। घृणा तुच्छ, हीन तथा अन्धी, और अप्रिय है जबकि प्रेम महान, कांतिमान, दूरद्रष्टा और सुखकारी हैं।

सब प्रकार की घृणा का परित्याग कीजिए। मानव-मात्र के प्रेम की पवित्र वेदी पर इसका बलिदान कीजिए। अपने किसी प्रकार के कष्ट का विचार छोड़िए। किन्तु अब से इस बात का निरन्तर ध्यान रखिए कि आप किसीकी भावनाओं को ठेस नहीं पहुंचाएंगे, न किसीका जी दुखाएंगे। अपने मन के कपाट खोलिए और उसमें से मधुर सुधारस बहने दीजिए। सबके लिए सुरक्षा और शान्ति की पवित्र भावना रखिए–चाहे वह आपका शत्रु ही क्यों न हो, चाहे आपकी बुराई ही क्यों न करता हो, आपसे ईर्ष्या ही क्यों न रखता हो।

आत्मदया, आत्मश्लाघा और झूठे घमण्ड और अभिमान जैसी अपवित्र भावनाएं छोड़ देनी चाहिए। ये मस्तिष्क के नीरस तथा मन के भद्दे विचार हैं। जो व्यक्ति एक-एक करके इनपर जितना नियंत्रण करता जाता है और धीरे-धीरे इन्हें त्यागने में जितना सफल होता है, उतना वह अपने दोषों, दुःखों एवं कष्टों से ऊपर उठ जाता हैं और इस प्रकार वह पूर्ण एवं परम आनन्द का उपभोग करता है।

ऊपर जिन मानसिक विकारों का त्याग करने के लिए कहा गया है, वे पवित्र एवं नम्र हृदय की वेदी पर ही संभव हैं। जब तक मन में अपने दोषों को पहचाना व स्वीकार नहीं किया जाता, तब तक उनका परित्याग संभव नहीं है। जो व्यक्ति अपना कोई विकार छोड़ना चाहता है, उसे चाहिए कि पहले यह कहे–'यह मेरी कमी है।' तभी वह उस सत्य का साक्षात्कार कर सकेगा जो पहले उस दोष से ढका हुआ था।

दम्भ का त्याग, पूर्ण ज्ञान और आनन्द की प्राप्ति किन्हीं महान कार्यों के करने से नहीं होती, बल्कि ये तो दैनिक जीवन के छोटे-छोटे मोहत्यागों के सतत अभ्यास से प्राप्त होते हें। अहंकार पर सत्य की विजय दैनिक

प्रयासों से ही संभव है। जो व्यक्ति प्रतिदिन अपने अहं पर कुछ न कुछ विजय प्राप्त करता रहता है, जो अपने बुरे विचारों, अपवित्र लालसाओं, पापों में से कुछ-कुछ का परित्याग करता रहता है, वह प्रतिदिन पहले से अधिक सबल, निर्मल और बुद्धिमान होता जाता है। इस प्रकार.वह सच्चे आनन्द के समीप पहुंच जाता है।

आप सत्य को प्राप्त करना चाहते हैं तो आप सत्य का आनन्द और प्रकाश अपने से बाहर अथवा अपने से दूर मत ढूंढ़िए। उसके लिए अपने अन्दर झांकिए। आप इसे कर्तव्यों और अपने हृदय के विनम्र त्यागों के भीतर ही पा सकेंगे।

छठा सोपान

सहानुभूति

पीड़ित से मैं यह नहीं पूछता
"तुम्हारा दर्द कैसा है?"
मैं स्वयं पीड़ित बन जाता हूं
और दर्द महसूस करने लगता हूं।

–वाल्ट व्हिटमैन

हमने जितनी आत्मविजय प्राप्त की होती है, उतनी ही हम दूसरों से सहानुभूति रख सकते हैं। जब तक हम अपने ऊपर दया करते रहें, तब तक हम दूसरों का विचार नहीं कर सकते। जब तक हम आत्मकेन्द्रित ही रहेंगे, आत्मप्रशंसा, आत्मरक्षा और अपने ही विचारों तक सीमित रहेंगे, तब तक हम दूसरों से सहानुभूति और स्नेह का व्यवहार नहीं कर सकते। अपने-आपको भूलकर, दूसरों का विचार रखना–यही तो सहानुभूति है।

दूसरों से सहानुभूति रखने के लिए, हमें सबसे पहले उनको समझना चाहिए। और उनको समझने के लिए हमें उनके बारे में अपनी पहले से बनी

धारणाओं और पूर्वाग्रहों को ताक पर रख देना चाहिए। और जैसे वे वस्तुत: हैं उन्हें उसी रूप में देखना चाहिए। हमें उनके अन्दर प्रवेश करना चाहिए और उनकी मानसिक आंखों से देखते हुए, उनकी भावनाओं से आत्मसात् करके उनमें एकलय हो जाना चाहिए। निस्संदेह ऐसा व्यवहार हम ऐसे व्यक्ति के साथ नहीं कर सकते हैं जिनसे हम अपने-आपको ऊंचा समझते हैं (क्योंकि अहंकार और सहानुभूति एकसाथ नहीं रह सकते), लेकिन आप उन सब व्यक्तियों के साथ सहानुभूति रख सकते हैं जो उन पापों में फंसे हुए हैं जिनसे आपने अपने-आपको सफलतापूर्वक अलग कर लिया है। हालांकि आप अपनी सहानुभूति से अपने से महानतर व्यक्ति को ढक नहीं सकते, पर उसके प्रति आप अपने को इस स्थिति में अवश्य रख सकते हैं कि आप उसकी महत्तर सहानुभूति का संरक्षण प्राप्त कर सकें, जिससे आप अपने पापों और कष्टों से छुटकारा पा सकें।

सहानुभूति देने में पूर्वाग्रह और दुर्भावना बड़ी बाधक हैं, इसी तरह सहानुभूति प्राप्त करने में बाधाएं हैं–अहंकार और दम्भ। जिसके मन में कहीं घृणा मौजूद है, उसके साथ आप सहानुभूति नहीं कर सकते; इसी तरह जिस व्यक्ति को आप नापसंद करते हैं अथवा जिस व्यक्ति के प्रति आप दुर्भावनाग्रस्त हैं–उन दोनों को आप समझ नहीं रुकते। आप उनके सच्चे स्वरूप को नही समझ पाते और न ही समझ ही सकते। हां; बल्कि आपने अपने मन में उनके प्रति जो अपूर्ण धारणा बना रखी हैं, जो दुर्भावनाग्रस्त विचार बना रखे हैं, उनके माध्यम से आप उनका विकृत स्वरूप ही देख सकते हैं।

यदि आपको दूसरे लोगों को सच्चे स्वरूप में देखना अभीष्ट हे तो आप अपने और उनके बीच रुचि-अरुचि, और अहंभावना को न आने दीजिए। उनके कामों का विरोध न कीजिए तथा उनकी धारणाओं और विचारों को मत ठुकराइए। थोड़ी देर के लिए आप अपने-आपको पृथक् रखकर, उनकी स्थिति को ग्रहण कर लीजिए। इसी विधि से आप उनके जीवन और भावनाओं के साथ तादात्म्य प्राप्त कर सकेंगे।

उत्पत्ति, वृद्धि और विकास ही जीवन है। और वस्तुत: पापात्मा और पुण्यात्मा में कोई विशेष अन्तर नहीं है–केवल अनुपात का अन्तर है।

पुण्यात्मा पहले कभी पापी था। और पापी किसी समय आगे चलकर पुण्यात्मा होगा। पापी प्रारंभिक अवस्था है और पुण्यात्मा उत्तर अवस्था। अतः जो दूसरों में दोष देखकर उन्हें अपने–आपसे दूर रखता है वह ऐसे व्यक्ति की तरह हैं जो बच्चों की इसलिए उपेक्षा करता है क्योंकि वे अबोध, उद्धत और खिलौनों से खेलने वाले हैं।

समस्त जीवन एक–सा है, किन्तु देखने में यह विविधतापूर्ण है। फूल कोई अपने वृक्ष से पृथक् पदार्थ थोड़े ही है! यह उसी वृक्ष का एक अंग है; बल्कि यह पत्ते का एक दूसरा रूप है। भाप कोई पानी से पृथक् पदार्थ थोड़े ही है! वह तो पानी का ही दूसरा रूप है। इसी प्रकार, अच्छाई बुराई का ही तो परिष्कृत रूप है–दूसरे शब्दों में, पापात्मा ही परिष्कृत एवं विकसित होकर पुण्यात्मा बन जाता है।

पापात्मा वही है जिसकी बुद्धि अपरिपक्व है, और जो अज्ञानता के कारण गलत कदम रखता है। पुण्यात्मा वही है जिसकी बुद्धि परिपक्व है और जो ज्ञानपूर्वक ठीक कदम रखता है। पापी दूसरे पानी के दोष निकालता है, क्योंकि दोष निकालना गलत काम है। पुण्यात्मा पानी के दोष नहीं निकालता, क्योंकि वह सोचता है कि कभी वह भी उसी दशा में था; बल्कि उसे अपना छोटा भाई अथवा मित्र समझकर उससे गहरी सहानुभूति रखता है, क्योंकि सहानुभूति रखना सही काम है।

सच्चा पुण्यात्मा सबसे सहानुभूति रखता है, पर स्वयं उसे दूसरों की सहानुभूति प्राप्त करने की अपेक्षा नहीं रहती। क्योंकि वह पाप और दुःख पर विजय प्राप्त कर लेता हैं। वह तो अविनश्वर आनन्द में निमग्न रहता है। परन्तु जो दुःखी होते हैं उन्हें सहानुभूति पाने की आवश्यकता होती है, और जो पापों में डूबे रहते हैं उन्हें दुःख व्यापते ही हैं। जब व्यक्ति यह समझने लगता है कि हरेक पाप के लिए, चाहे वह उसके मन का हो या कर्म का, उसे उसके अनुरूप कुछ न कुछ दुःख उठाना ही पड़ता है, तो वह दूसरों की निन्दा करना छोड़ देता है, बल्कि पापजनित कष्टों को देखकर सहानुभूति से भर उठता है। इस अवस्था में वह तभी पहुंचता है जब वह अपने-आपको पवित्र और शुद्ध बना लेता है।

जब व्यक्ति अपने मानसिक विकारों को शुद्ध कर लेता हैं, अपनी

स्वार्थपूर्ण लालसाओं की दिशा बदल लेता है, और अपनी अहंकारपूर्ण दुष्प्रवृत्तियों को अपने पांव के नीचे दबा लेता है, तब वह मानवीय अनुभवों की गहराई तक बैठ जाता है–वह सब प्रकार के पाप, कष्ट, दुःख, दुर्विचार और दुष्कर्म को पूरी तरह महसूस कर लेता है और तभी वह प्रकृति के विधान को सम्यक् रूप से समझ पाता है। सम्यक् आत्मनियंत्रण ही सम्यक् ज्ञान है, और वहीं से सच्ची सहानुभूति फूटती है। जो व्यक्ति दूसरों को पवित्र हृदय से देखता है, वह उनसे सहानुभूति रखता है। वह उन्हें कोई पराया नहीं समझता, बल्कि उन्हें अपना अंग ही समझता है। वह दूसरों के पापों, कष्टों व दुःखों को देखकर सोचता है–'ये वैसे ही पाप कर रहे हैं जैसे मैंने किए थे; ये वैसे ही कष्ट झेल रहे हें जैसे मैंने झेले थे; ये वैसे ही दुःखी हैं जैसे कभी मैं था। और जैसे अंत में, मुझे इन सब बुराइयों से छुटकारा मिल गया था, वैसे ही ये भी एक दिन इन सबसे मुक्त हो जाएंगे।'

वास्तव में सज्जन और विवेकशील व्यक्ति वही है जो किसीसे पक्षपात की भावना नहीं रखता। व्यक्ति सबसे एक-सी सहानुभूति रखता है। दूसरों में दोष नहीं निकालता, न उनकी निन्दा ही करता है। दरअसल वह तो पापी के उस पाप को पहचान लेता है जिससे वह पापी फूला नहीं समाता और उसका दुष्परिणाम नहीं जानता कि अंत में उसे उस बुराई के कारण कितना कष्ट उठाना पड़ेगा।

जितनी दूर तक जिस मनुष्य की बुद्धि जाती है, वह अपनी सहानुभूति का विस्तार उतनी ही दूर तक कर सकता है–उसके आगे नहीं। और व्यक्ति जितना ही अधिक नम्र और दयालु होता जाता है, उतना ही ज़्यादा वह विवेकशील होता जाता है। मनुष्य अपनी सहानुभूति का दायरा जितना छोटा करता है, उसका हृदय भी उतना ही छोटा होता जाता है, और उसका जीवन उतना ही अधिक धुंधला और कटु होता जाता है। सहानुभूति के क्षेत्र को विकसित करना जीवन को आलोकित और प्रफुल्लित करना है और दूसरों के लिए प्रकाश और प्रसन्नता का मार्ग प्रशस्त करना है।

दूसरों के साथ सच्ची सहानुभूति हम तभी रख सकते हैं, जब हम उनके साथ सच्ची तन्मयता प्राप्त करें। सच्चाई यह है कि स्वार्थहीन प्रेम बहुत शीघ्र ऐक्य उत्पन्न कर लेता है। जिस मनुष्य की सहानुभूति सबके

साथ है, जो सबमें तन्मय हो रहा है, वह प्रकृति के ध्रुव सत्य का साक्षात्कार कर लेता है।

मनुष्य दूसरों को अपनी सहानुभूति से जितना दूर रखता है, उससे स्वर्ग, शान्ति और सत्य भी इतने ही दूर रहते हैं। जहां उसकी सहानुभूति समाप्त होती है, वहीं दुःख और दारिद्र्य का आरंभ होता है। क्योंकि दूसरों को अपने प्रेम से वंचित रखना अपने–आपको प्रेम के आनन्द से वंचित रखना है और स्वार्थ की कालकोटरी में पड़े-पड़े सड़ना है।

जब मनुष्य दूसरों के प्रति अपार प्रेम अथवा सहानुभूति से भर उठता है तभी उसके सामने सत्य का अनन्त प्रकाश प्रकट होता है। निस्सीम प्रेम में ही निस्सीम आनन्द की उपलब्धि होती है।

सहानुभूति में परम सुख है। इसमें सर्वोच्च एवं सबसे पवित्र आनन्द प्रकट होता है। सहानुभूति अलौकिक है क्योंकि इसके दिव्य प्रकाश में सब भांति के स्वार्थमय विचार नष्ट हो जाते हैं, और शेष बच रहता है दूसरों में तन्मय होने का एकमात्र विचार। इसके विपरीत, जहां मनुष्य ने सहानुभूति करना छोड़ दिया, समझिए वहीं से उसने जीना, देखना और समझना छोड़ दिया।

जब तक व्यक्ति दूसरों के प्रति स्वार्थपूर्ण विचारों का त्याग नहीं करता, तब तक उनके साथ सच्ची सहानुभूति नहीं रख सकता। जो सच्ची सहानुभूति रख सकता है वह दूसरों को उनके वास्तविक स्वरूप में देखता है। वह उनके पापों, वासनाओं, पीड़ाओं, विश्वासों, धारणाओं, पूर्वाग्रहों को समझने की चेष्टा करता है; और वह ठीक से जायज़ा ले लेता है और उनके मानसिक स्तर, अनुभव की सीमा का पता लगा लेता है। तब वह पाता है कि जैसा वे इस समय आचरण कर रहे हैं, इससे भिन्न वे कर ही नहीं सकते थे। वह अनुभव करता है कि लोग जो गलत और मूर्खतापूर्ण कार्य कर रहे हैं उसका कारण यही है कि उनका ज्ञान और अनुभव अभी परिपक्व नहीं है; और उसमें सुधार लाने का एकमात्र उपाय है कि धीरे-धीरे उनके मन-मस्तिष्क में ज्ञान का प्रवेश कराया जाए। वह यह भी महसूस करता है कि यद्यपि उनके सम्मुख अच्छे उदाहरणों को प्रस्तुत करके ठीक–से शब्दों में, उचित दिशा–निर्देश देकर उन्हें विपुल ज्ञान के लिए प्रेरित एवं प्रोत्साहित

किया जा सकता है, किन्तु उन्हें वैसा करने के लिए अप्राकृतिक रूप से बाध्य नहीं किया जा सकता। प्रेम और विवेक के सुमनों के खिलने के लिए समय तो चाहिए ही; घृणा और मूर्खता की सूखी टहनियां एकदम तो काटी नहीं जा सकतीं।

ऐसा व्यक्ति अपने परिचितों के मानसिक जगत् का द्वार ढूंढ़ लेता है, उसे खोलता है, उसके अन्दर प्रवेश करता है। वह उनके जीवन के पवित्र मन्दिर में रहकर उन सबके साथ हिल–मिल जाता है। फिर उसे घृणा करने, क्रोध करने अथवा धिक्कारने की कोई वजह दिखाई नहीं देती, बल्कि उसके मन में स्नेह, दया, धैर्य तथा प्रेम की घनी भावना उमड़ पड़ती है।

ऐसा व्यक्ति अनुभव करता है कि वह उन्हींमें से एक है; दूसरे लोग और कोई भी नहीं बल्कि उसकी तरह ही के इन्सान हैं। दूसरे लोगों की प्रकृति भी उसकी प्रकृति के समान है, केवल उनमें उन्नीस–इक्कीस का अन्तर है। ऐसा व्यक्ति जब दूसरों को पाप-कर्म करते हुए देखता है तो वह अपने मन को टटोलता है और महसूस करता है कि पाप-कर्म की वैसी ही प्रवृत्ति उसमें भी विद्यमान है; परन्तु सम्भवत: उसने पाप–वृत्ति पर नियंत्रण कर लिया है। और जब वह दूसरों को पुण्य–कार्य करते हुए पाता है तो वह महसूस करता है कि पुण्य-कार्य करने की प्रवृत्ति उसमें भी विद्यमान है; परन्तु शायद वह उतनी सशक्त और परिपक्व नहीं हुई है।

एक व्यक्ति का पाप सबका पाप है; एक का पुण्य सबका पुण्य है। किसी व्यक्ति को दूसरों से पृथक् नहीं किया जा सकता। व्यक्तियों में परस्पर प्रकृति का अन्तर नहीं होता, बल्कि अंतर होता है केवल अवस्था का। यदि कोई व्यक्ति यह समझता है कि वह अपने गुणों के कारण दूसरों से श्रेष्ठ और इस आधार पर पृथक् है, तो वह सरासर गलत है। और समझिए कि वह भारी अज्ञान और भ्रम का शिकार है। मानव सब एक हैं। सहानुभूति की पवित्र वेदी पर पुण्यात्मा और पापात्मा मिलते हैं और एक हो जाते हैं।

सहानुभूति की सबसे अधिक आवश्यकता किसको है? इसका सबसे अधिक पात्र कौन है ?–सन्त, ज्ञानी और महात्मा इसका पात्र नहीं है। इसके विपरीत, असन्त, अज्ञानी और तुच्छहृदय की इसकी आवश्यकता है;–और

जितना ही मनुष्य का पाप-पक्ष प्रबल है उतनी ही ज़्यादा उसे सहानुभूति की आवश्यकता है। महात्मा ईसा का कथन है: "मैं पुण्यात्माओं को नहीं, बल्कि पापात्माओं को प्रायश्चित्त कराने आया हूं।"

वही व्यक्ति पापी को बुरा, घृणित और नीच बताता है जो स्वयं उसी वर्ग का होता है। वह यह नहीं समझ पाता कि उसके पाप यद्यपि रूप–आकार में दूसरे व्यक्ति से भिन्न होते हैं, किन्तु हैं तो आखिर पाप ही। वह यह नहीं जान पाता कि सब तरह के पाप मूल में एक हैं, केवल उनके रूपों में अन्तर होता है। जो व्यक्ति स्वयं पापग्रस्त होता है, वह दूसरे पापियों की निन्दा करता है–और उसमें पाप की मात्रा जितनी अधिक होती है, उसमें घृणा और निन्दा की प्रवृत्ति भी उतनी बढ़ती जाती है। किन्तु जब मनुष्य अपने पापों को देखकर पश्चात्ताप करने लगता है, और इस प्रकार पवित्रता और ज्ञान के उज्ज्वल प्रकाश के ऊपर उठता है, तब वह दूसरों की निन्दा करना छोड़ देता है, और तभी वह औरों से सहानुभूति करना सीखता है। जो व्यक्ति लालसाओं से ग्रस्त हैं, वही परस्पर अत्यन्त घृणा करते हैं–यह प्रकृति का अटल नियम है। और यदि वह पापात्मा, जिसे सभी बुरा–भला कहते हैं, दूसरों के निन्दा वचनों को ठंडे मन से सुनता है, और अपने दोषों को नम्रता से स्वीकार करता है, तथा भविष्य में उन सब बुराइयों से बचने का यत्न करता है, तो वह शीघ्र ही जीवन की उच्चतर एवं श्रेष्ठतर अवस्था को प्राप्त कर लेता है।

जो वस्तुतः सज्जन है वह किसीसे घृणा नहीं करता। ऐसा व्यक्ति अपनी सभी भौतिक लालसाओं व स्वार्थपरता को ताक में रखकर प्रेम एवं शान्ति के शान्त प्रदेश में निवास करता है, और सब तरह के पापों तथा उनसे उत्पन्न हुए कष्टों और दुःखों को पहचानता है। ऐसा प्रबुद्ध एवं ज्ञानवान व्यक्ति सब प्रकार की स्वार्थ भावनाओं से विमुक्त होता है; वह दूसरों को उनकी यथार्थ स्थितियों में देखता है और उसका हृदय उनके प्रति पवित्र करुणा से भर उठता है। यदि कोई उसको निन्दा करता है, उसे गाली देता है या कटु वचन कहता है, तो वह इस सबकी चिन्ता नहीं करता और बदले में उनसे हमदर्दी रखता है; क्योंकि वह जानता है कि वे अज्ञानतावश ऐसे करने पर विवश हैं और उन्हीं को अपनी करनी का फल भुगतना पड़ेगा।

जिनसे आप इस समय घृणा करते हैं; अथवा जो आपकी बुराई करते हैं, उससे आप, आत्मसंयम और ज्ञानलाभ के द्वारा, प्रेम और सहानुभूति करना सीख सकते हैं। उनकी बुराई करने की प्रवृत्ति पर नज़र मत डालिए बल्कि अपने मन को टटोलिए, शायद आपके मन में कोई कटुता, कठोरता अथवा दुर्भावना की प्रवृत्ति हो। और जब आप अपनी त्रुटियों को समझने लगेंगे, तो आप दूसरों की बुराई करना छोड़कर, आत्मताड़ना करने लगेंगे।

साधारणतः लोग जिसे सहानुभूति कहते हैं, वह सहानुभूति नहीं होती, बल्कि सहज स्नेह होता है। जो हमसे स्नेह करते हैं, हम उनसे स्नेह करें–यह तो एक मानवीय स्वभाव की बात है, इसे सहानुभूति नहीं कहा जा सकता। इसके विपरीत, महान सहानुभूति कहलाती है उससे प्रेम करना जोकि आपसे प्रेम नहीं करता!

सहानुभूति का एक पक्ष है–दया। दुनिया में दुःखी और आपद्ग्रस्त व्यक्तियों के दुःख दूर करने के लिए अथवा उनको प्रेरणा और प्रोत्साहन के लिए दया की आवश्यकता है। किन्तु मन में इसको पल्लवित और विकसित करने का एक ही उपाय है; और वह है –सब प्रकार की कठोरता और निर्दयता, प्रतिशोधवृत्ति और क्रोध करने की प्रवृत्ति से छुटकारा पाना।

सहानुभूति का दूसरा रूप है–दूसरों को अपने से अपेक्षाकृत अधिक सफल देखकर प्रसन्न होना और यह समझना जैसेकि उनकी सफलता मेरी अपनी ही है। वस्तुतः वह व्यक्ति धन्य है जो सब तरह के ईर्ष्या-द्वेष से मुक्त है, और अपने से शत्रुता रखने वाले व्यक्तियों की सफलता और समृद्धि देखकर प्रसन्न और सुखी होता है।

सहानुभूति का एक अन्य दिव्य रूप है–अपने से छोटे अथवा दुर्बल प्राणियों की रक्षा करना। निरीह और बेज़बान जन्तुओं की रक्षा के लिए गहरी हार्दिक सहानुभूति की आवश्यकता है। शक्ति की शोभा दूसरों की रक्षा करने के सामर्थ्य में निहित है, उनका नाश करने की हिमाकत में नहीं। जीवन की सार्थकता दुर्बल जीवधारियों के निर्दय संहार में नहीं है, बल्कि उनके पालन–पोषण में है।

दूसरों के प्रति सहानुभूति रखने से हम दूसरों की सहानुभूति भी प्राप्त करते हैं। दूसरों के प्रति की हुई हमदर्दी कभी व्यर्थ नहीं जाती। तुच्छ प्राणी

भी इसके स्वर्गीय संस्पर्श से कृतज्ञ हो उठता है, क्योंकि सहानुभूति की भाषा ऐसी विश्वव्यापी है जिसे सब प्राणी समझते हैं।

वस्तुतः जब हम दूसरों से सहानुभूति करते हैं तो हमारे हृदय में इसका भण्डार भर जाता है, जिससे हमारा जीवन सफल और समृद्ध हो जाता है। सहानुभूति करने से आनन्द की प्राप्ति होती है; इसके विपरीत, सहानुभूति न करने से आनन्द जाता रहता है। मनुष्य जितना अधिक सहानुभूतिशील होता जाता है, उतना ही अधिक वह सत्य जीवन के निकट पहुंचता जाता है। और जब उसका हृदय इतना कोमल हो जाता है कि उसमें कोई कठोर, कटु अथवा क्रूर विचार प्रवेश नहीं पा सकता और उसके स्थायो आनन्द को कम नहीं कर सकता, वस्तुतः तभी वह स्वर्गीय आनन्द में समा जाता है।

सातवां सोपान

क्षमा

प्रतिशोध से सदैव अच्छी है क्षमा।

—शेक्सपियर

पुराने आघातों को याद करना मानसिक दिवालियेपन की निशानी है और बदला लेने की भावना मानसिक आत्मघात है। क्षमा का आश्रय लेना मानसिक प्रकाश का शुभ आरम्भ है और यही शान्ति और सुख का आधार है। जो व्यक्ति दूसरों द्वार किए गए अधिकार, आघात, बुराइयों को लेकर सोचता रहता है उसके हृदय में शान्ति नहीं रहती।

जिसका हृदय दुर्भावनाओं से ग्रस्त है उसमें सुख का निवास कैसे संभव है? क्या आग से जलती हुई शाखा पर पक्षी बैठेंगे तथा उसमें अपना घोंसला बनाकर चहचहाएंगे? इसी तरह जिसका मन प्रतिशोध की अग्नि में दहक रहा है उसमें आनन्द का वास नहीं हो सकता। जहां ऐसी दुर्वृत्ति रहेगी वहां ज्ञान के प्रवेश तथा निवास की गुंजाइश ही कहां होगी!

प्रतिशोध लेने की भावना उन्हीं को अच्छी लगती है जो क्षमा के स्वरूप से परिचित नहीं है। जब क्षमा का मार्धुय चख लिया जाता है तो प्रतिशोध की

अत्यन्त कटुता का परिचय प्राप्त होता है। जो क्रोध अथवा लालसा में लिप्त हो रहे हैं उनको क्रोध सुखदायी प्रतीत होता है। पर जब क्रोध की उग्रता जाती रहती है और क्षमा की कोमलता लौट जाती है तब ज्ञात होता है कि प्रतिशोध दुःख का मूल है।

प्रतिशोध एक ऐसा तीक्ष्ण विष है जो मस्तिष्क के मर्मस्थलों को ही चाट जाता है और सात्त्विक शरीर को विषैला बना देता है। क्रोध एक ऐसा मानसिक ज्वर है जो मन की समस्त शक्तियों का भस्म कर डालता है। बुरा मानना एक तरह का मानसिक रोग है, जो दया और सहृदयता के स्वस्थ प्रवाह को अवरूद्ध कर देता है। इनसे नर नारियों को बचना चाहिए। क्षमा न करने को तथा क्रोध करने की प्रवृत्ति घोर कष्ट और दुःख का मूल है। और जो मनुष्य इस प्रवृत्ति को ग्रहण कर लेता है, तथा इसे प्रोत्साहन देता है, इसके विपरीत इसका दमन करके इसे छोड़ता नहीं है, वह बहुत–से सुखों से वंचित रह जाता है और सच्ची शान्ति का लेश भी प्राप्त नहीं कर पाता। कठोरहृदय होने से मनुष्य दुःख पाता है तथा ज्ञान और सुख-सुविधा से हाथ धो बैठता है।

कोमलहृदय होने से मनुष्य प्रसन्न रहता है और ज्ञान तथा सुख–सुविधा को प्राप्त करता है। कुछ लोगों को ऐसा कहना आश्चर्यजनक प्रतीत होता कि कठोरहृदय और असहिष्णु मनुष्य सबसे अधिक कष्ट पाते हैं। किन्तु यह बात बिलकुल सच है। क्योंकि ऐसे व्यक्ति न सिर्फ दूसरों के मन में प्रतिशोध की भावना का संचार करते है बल्कि अपने हृदय की कठोरता से भी वे दिन-रात मानसिक यातना सहते हैं।

जब भी कोई व्यक्ति किसी मनुष्य के प्रति अपने मन को कठोर करता है तब उसे ये पांच हानियां होती हैं :

1. स्नेह का नाश,
2. मेलजोल का अभाव,
3. दुःखी और परेशान रहना,
4. क्रोध और अहंकार का उत्पन्न होंना,
5. दूसरों से दण्ड भोगना।

इसी तरह जब मनुष्य क्षमा करता हे तो उसको ये पांच लाभ होते हैं :

1. स्नेह की प्राप्ति का सुख,
2. मेलजोल की वृद्धि का सुख,
3. सुखी और शान्त रहने का सुख,
4. क्रोध और अंहकार पर विजय पाने का सुख,
5. दूसरों से नम्र व्यवहार प्राप्त करने का सुख।

आज अनेकों लोग क्षमावान न होने के कारण क्रोध की आग में जल रहे हैं। पर तब तक उन्हें अपनी बुरी स्थिति का भान नहीं हो सकता जब तक कि वे इस पर नियंत्रण करने का यत्न न करें। केवल वही लोग जो अपने असहनशीलता के स्वभाव को छोड़कर क्षमा को अपनाते हैं, समझ सकते हैं कि प्रतिशोध की भावना कितनी बुरी है और क्षमा की प्रवृत्ति कितनी अच्छी।

तनिक दुनिया के पारस्परिक वैमनस्य के विषय में विचार कीजिए–कितने व्यक्ति, कितने समाज, कितने पड़ोसी व कितने राष्ट्र लगातार परस्पर प्रतिशोध की उत्कट भावना से रह रहे हैं। थोड़ा विचारिए, कितने हृदय टूटते होंगे, कितने आंसू बहाए जाते होंगे, कितनी दुःखद जुदाइयां और गलतफहमियां पैदा हो जाती होंगी! यहीं तक नहीं, बल्कि आपसी शत्रुता के कारण खून की नदियां बह जाती होंगी और चिरकाल तक वैर पड़ जाता होगा। यदि हम इन बातों को सोचें–विचारें तो हम प्रतिशोध के दुर्विचार को ही त्याग देंगे, दूसरों के कामों का बदला चुकाने की बात नहीं सोचेंगे और दूसरों के प्रति हम निर्मम नहीं हो पायेंगे।

जब मनुष्य प्रतिशोध की भावना छोड़कर क्षमावृत्ति को ग्रहण करता है तो वह अन्धकार से प्रकाश की ओर आता है। प्रतिशोध की भावना इतनी अन्धकार और अज्ञान से पूर्ण है कि कोई बुद्धिमान और ज्ञानी मनुष्य इसे ग्रहण नहीं कर सकता। लेकिन तब तक उसकी भयावहता को समझा नहीं जा सकता जब तक कि उससे छुटकारा न पा लिया जाए और उसके स्थान पर श्रेष्ठतर आचरण को अपना न लिया जाए। मनुष्य अपनी पापपूर्ण वृत्तियों से अन्धा हो जाता है और पथभ्रष्ट हो जाता है। सब प्रकार के प्रतिशोध के परित्याग का अर्थ है–अहंकार, क्रोध और अहंभावना का पूर्ण त्याग। जब ऐसा कर लिया जाता है तो उच्चतर जीवन, श्रेष्ठतर बुद्धि तथा पवित्र प्रकाश, जो पहले ढके हुए थे, अपने भव्य सौन्दर्य के साथ प्रकट होते हैं।

छोटी-छोटी शिकवा–शिकायतें, व्यंग्य–कटाक्ष और उपालम्भ, यद्यपि देखने में घृणा और प्रतिशोध से कम हानिकारक हैं, तथापि ये चरित्र को लंगड़ा और आत्मा को पंगु बनाकर छोड़ देते हैं। वे अहंकार और अपने को बड़ा समझने की भावना से उत्पन्न होते हैं। जो व्यक्ति अपने-आपको बड़ा समझने की भावना से अन्धा हो रहा हो, उसे दूसरों के कार्यों और विचारों में निरन्तर कोई न कोई दुर्भावना अवश्य नज़र आती रहेगी। और मनुष्य के मन में जितनी अधिक अहंभावना होगी, उतनी ही अधिक बढ़ी हुई उसके मन में प्रतिशोध की भावना होगी। इस प्रकार, छोटी-छोटी बातों से नाराज़ हो जाने से उसके मन में घृणा की भावना बहुत बढ़ जाती है, और इससे मनुष्य घोर अन्धकार, विपत्ति तथा आत्मवंचना का शिकार हो जाता है।

अपनी भावनाओं पर आघात मत होने दीजिए, जिसका अभिप्राय है कि अभिमान और अहंकार का पूर्ण परित्याग कीजिए दूसरों की भावनाओं पर आघात मत कीजिए, अर्थात् सबके प्रति उदार, क्षमाशील और दयालु बने रहिए।

दम्भ और अहंकार का त्याग–पूर्ण परित्याग एक बहुत कठिन काम है; लेकिन है यह महान कार्य। क्रोध न करने के निरन्तर अभ्यास से तथा अपने विचारों और कार्यों को समझने और उन्हें सुधारने के यत्न से इसे हस्तगत किया जा सकता है। ज्यों-ज्यों दम्भ और अहंकार पर विजय पा ली जाती है, उसी अनुपात में मनुष्य के अन्दर सहनशीलता और क्षमा करने की भावना बढ़ती जाती है।

स्वयं दूसरे की बात का बुरा न मानना और दूसरों को आघात न पहुंचाना– ये दोनों बातें साथ-साथ चलती हैं। जब कोई व्यक्ति दूसरों की किसी बात पर नहीं झुंझलाता तो मानो वह उन पर कृपापूर्ण व्यवहार करता है। ऐसा मनुष्य अपने वचन एवं कर्म में सज्जन होगा, और दूसरों में दया और प्रेम का संचार करेगा, दुर्भावना और विषाद का नहीं। उसे दूसरों से किसी प्रकार के अनिष्ट की चिन्ता भी न रहेगी, क्योंकि जो किसी को हानि नहीं पहुंचाता, किसी से डरता भी नहीं है। लेकिन असहनशील व्यक्ति, जो असली या खयाली अपकारों या आघातों का प्रतिशोध लेने के लिए उत्सुक रहता है, दूसरों के प्रति अपने व्यवहार में उदार नहीं हो सकता। क्योंकि उसे सबसे

ऊपर अपना ही विचार रहता है। इस प्रकार वह अपने वैरी बनाता चला जाता है। वह दूसरों से भी भयभीत बना रहता है, क्योंकि वह सोचता है कि जैसा वह दूसरों के प्रति बर्ताव करता है, वैसा ही वे भी उसके प्रति करेंगे।

इस सन्दर्भ में एक प्राचीन भारतीय गुरु ने अपने शिष्यों को नीति की शिक्षा देने के लिए राजकुमार दीर्घायु की सुन्दर कथा कही है। उससे यह निष्कर्ष निकलता है–"प्रतिशोध की भावना से प्रतिशोध को कदापि समाप्त नहीं किया जा सकता, बल्कि अप्रतिशोध अर्थात् क्षमा से प्रतिशोध को रोका जा सकता है।" वह कथा इस प्रकार है :

काशी के शक्तिशाली राजा ब्रह्मदत्त ने कौशल के राजा दीर्घैति का राज्य हथियाने के विचार से उस पर हमला कर दिया। दीर्घैति का राज्य काशी से बहुत छोटा था। उसने सोचा–'ब्रहदत्त की शक्ति का सामना न हो सकेगा', अतः वह अपने राज्य को शत्रु के हाथों में छोड़कर स्वयं अपनी पत्नी के साथ भाग निकला। कुछ काल तक वे वेश बदलकर इधर–उधर प्राण बचाने की चेष्टा करते रहे। अन्त में उन्होंने एक बढ़ई की झोपड़ी में शरण ली। यहां उनके एक पुत्र जन्मा, जिसका नाम दीर्घायु रखा गया।

अब, राजा ब्रह्मदत्त को दीर्घैति का पता खोज निकालने की चिन्ता हुई। वह उसे मारना चाहता था, क्योंकि उसने सोचा– "मैंने उसका राजपाट छीन लिया है। कहीं ऐसा न हो कि एक दिन वह घात पाकर मुझे ही मार डालें।'

इस बीच कई वर्ष बीत गए। दीर्घैति ने अपने पुत्र दीर्घायु को शस्त्र और शास्त्र की विद्याओं में पारंगत कर दिया। इससे वह पण्डित, कुशल और बुद्धिमान बन गया।

कुछ काल पर्यन्त, दीर्घैति का रहस्य प्रकट हो गया। दीर्घेति ने सोचा कि ब्रह्मदत्त तीनों को मौत के घाट उतार देगा। क्यों न दीर्घायु को अन्यत्र भेज दिया जाएं। उसने वैसा ही किया। शीघ्र ही दीर्घैति को धर पकड़ लिया गया, और निर्वासित राजा-रानी की हत्या कर दी गई।

अब ब्रह्मदत्त ने सोचा–'मैंने दीर्घैति और उसकी रानी का कांटा तो खींच दिया, पर उनका पुत्र राजकुमार दीर्घायु अभी भी जीवित है; और वह किसी न किसी उपाय से मेरी हत्या करने का प्रयत्न करेगा।' और यह विचारकर वह दिन–रात भयभीत और दुःखी रहने लगा।

अपने माता-पिता की हत्या के पश्चात दीर्घायु ने अपना नाम–वाम बदलकर राजा ब्रह्मदत्त की घुड़साल में नौकरी कर ली। उसे हाथियों की सेवा-परिचर्या का काम सौंपा गया।

थोड़े ही समय में दीर्घायु सबमें लोकप्रिय हो गया, और उसकी योग्यता की चर्चा राजा तक जा पहुंची। उसने नवयुवक को अपने पास बुलाया। उससे मिलकर राजा इतना प्रभावित हुआ कि उसने नवयुवक को अपने राजमहल में नियुक्त कर लिया। वहां नवयुवक ने अपने–आपको बहुत योग्य सिद्ध किया। शीघ्र ही वह राजा के विश्वस्त सेवकों में गिना जानें लगा।

एक दिन राजा ब्रह्मदत्त शिकार खेलते-खेलते बहुत दूर निकल गया। वह अपने सैनिकों से बिछुड़ गया। केवल दीर्घायु ही उनके पास रह गया। राजा बहुत थक गया था इसलिए दीर्घायु की गोद में लेट गया। शीघ्र ही उसे नींद आ गई।

दीर्घायु ने सोचा–'इस राजा ने मेरा बहुत अहित किया है। इसने मेरे पिता से राज्य छीन लिया है, मेरे माता-पिता की हत्या की, और अब इसके प्राण मेरी मुट्ठी में हैं।' उसने अपना खड्ग म्यान से निकाल लिया और राजा से प्रतिशोध लेने की बात सोची। किन्तु सहसा उसे अपने पिता के शब्द स्मरण हो आए–'बेटा, प्रतिशोध लेने का यत्न कभी न करना, बल्कि भरसक क्षमा करना।' और उसने तलवार को फिर म्यान में रख लिया।

इतने में राजा की निद्रा भंग हुई और चौंककर उठ बैठा। नवयुवक ने पूछा कि वे इतने घबराये हुए क्यों हैं। राजा ने बताया–"मुझे चैन की नींद कभी नहीं आती, क्योंकि मुझे दुःस्वप्न आते रहते हैं, जैसे मेरा जीवन दीर्घायु की मुट्ठी में है और वह मेरी हत्या करने वाला है। अभी-अभी मुझे ऐसा ही सपना आया था, पर इस बार का सपना इतना स्पष्ट और लम्बा था कि भय और आतंक से मेरा अंग-अंग कांप रहा है।"

तब नवयुवक ने म्यान से कटार निकाल ली और कहा–"मैं ही हूं राजकुमार दीर्घायु। और आपका जीवन मेरे हाथों में है। आपसे प्रतिशोध लेने का अवसर आन पहुंचा है।"

इस पर राजा ब्रह्मदत्त राजकुमार दीर्घायु के चरणों में गिर पड़ा और उससे प्राणों की भिक्षा मांगी।

दीर्घायु ने उत्तर दिया–"और महाराज, आप भी मेरे प्राण बचाइए। वर्षों से आप मेरी हत्या करने के लिए मेरी तलाश में रहे हैं। और अब जब मैं आपके सम्मुख उपस्थित हूं, मुझे आपसे अभयदान चाहिए।"

और उसी क्षण दीर्घायु ने राजा ब्रह्मदत्त को तथा राजा ने राजकुमार दीर्घायु को अभयदान दे दिया। दोनों ने एक-दूसरे के हाथों का स्पर्श किया और प्रतिज्ञा की कि वे एक-दूसरे को कदापि हानि नहीं पहुंचाएंगे। राजकुमार दीर्घायु की प्रतिभा और उदार भावना से राजा इतना प्रभावित हुआ कि उसने अपनी कन्या का विवाह दीर्घायु से कर दिया और उसके पिता का राज्य उसे लौटा दिया।

प्रतिशोध को अप्रतिशोध से–अर्थात् क्षमा से जीता जाता है, जो सुन्दरतर और श्रेष्ठतर है और प्रतिशोध से अधिक प्रभावकारी है। क्षमा प्रेम का–दिव्य प्रेम का समारम्भ है। और जो इसे अपने आचरण में ढालता है, जो इसे पूरी तरह अपना लेता है, वह अन्ततः उस उच्चतम अवस्था को प्राप्त कर लेता है जिसमें दम्भ, अहंकार, घृणा और प्रत्यपकार के विचार सदा-सर्वदा के लिए धुल जाते हैं और शुभाकांक्षा व शान्ति का चिर और स्थायी साम्राज्य छा जाता है।

आठवां सोपान

दोष न देखना

यदि आप पाप का चिन्तन करेंगे
तो आप निस्संदेह पापी हो जाएंगे
और आपके कर्मों पर उसकी छाया फिर जाएगी
यदि आपका चिन्तन शुभ होगा
तो आपके कर्म भी निर्दोष, सच्चे व पवित्र हो जाएंगे।

–कन्फ्यूशियस

अनुचित काम दो प्रकार का होता है– एक वह जो बिना अच्छाई या बुराई के ज्ञान के किया जाता है और जिसमें चुनाव का कोई प्रश्न नहीं होता। दूसरा वह जो यह समझते हुए किया जाता है कि यह बुरा कार्य है और यह कि इसे नहीं करना चाहिए। किन्तु ये दोनों प्रकार के अनुचित कार्य मूलतः अज्ञान का परिणाम हैं– वास्तविक स्वरूप का अज्ञान तथा अनुचित कार्य के दुःखदायी परिणामों का अज्ञान।

अब प्रश्न यह उठता है– जब मनुष्य यह अनुभव करता है कि यह

बुरा काम है तो फिर क्यों करता चला जाता है? यदि वह यह जानता है कि जो कुछ कर रहा है, गलत है तो फिर भगवान रहा कहां?

मनुष्य जानते हुए भी गलत कार्य करता चला जाता है, इसका कारण यह है कि उनके बारे में उसका ज्ञान अधूरा होता है। वह कुछ दूसरों के कहने से और कुछ अन्तरात्मा में से उठी आवाज़ मात्र से महसूस करता है कि उसे अमुक कार्य नहीं करना चाहिए, लेकिन वह जो कुछ कर रहा है उसे वह सम्यक् अथवा पूरी तरह नहीं जानता कि वह क्या कर रहा है। क्योंकि उसे किसी विशिष्ट कार्य से तात्कालिक सुख प्राप्त होता है, इसलिए यद्यपि उस कार्य को करने से उसके अन्तःकरण को दुःख की अनुभूति होती है, तो भी उसे करता चला जाता है। उसने स्वीकार कर लिया है कि वह सुख खासा ओर वांछनीय है, इसलिए उसका उपभोग करना चाहिए। वह इस तथ्य को नहीं जानता कि सुख और दुःख एक ही वस्तु है, लेकिन वह सोचता है कि वह दूसरी वस्तु को ग्रहण किए बिना पहली को प्राप्त कर सकता है। जिस नियम के अनुसार मानवीय क्रिया–कलाप चलते हैं उसको वह नहीं जानता।

एक बार एक मनुष्य ने, जिसे एक दुर्व्यसन लगा हुआ था, मुझे बताया कि "मैं जानता हूं कि यह बुरी आदत है और यह मुझे लाभ नहीं, हानि पहुंचाती है।" मैंने पूछा : "यदि आप जानते हैं कि जो कुछ आप कर रहे हैं वह बुरा और हानिप्रद है, तो आप उसे किए क्यों चले जाते हैं?" इस पर उसने उत्तर दिया: "क्योंकि मुझे इसमें आनन्द मिलता है और मैं इसे चाहता हूं।'

यह व्यक्ति निस्सन्देह यह नहीं जानता था कि उसकी आदत बुरी है। उसने दूसरों से सुन रखा था कि उसका स्वभाव बुरा है, और उसने भी सोच लिया कि वह बुरा है; लेकिन दरअसल उसने सोचा कि यह उसकी अच्छाई है और हर्ष को बढ़ाने वाली है और इसलिए वह उसे जारी रखे हुए था। जब मनुष्य को अनुभव से यह ज्ञात होता है कि उक्त चीज बुरी है, और यह कि जब भी वह उसे करता है वह शरीर या मन को या फिर दोनों को हानि पहुंचाती है, जब वस्तु की यर्थाथता को वह इतनी बारीकी से पहचान जाता है कि वह उसके परिणामों को राई–रत्ती पहचान लेता है, तो न केवल उसे छोड़ देता है बल्कि उसे उस पदार्थ की इच्छा भी नहीं होती। इतना ही नहीं, जो वस्तु उसे पहले सुखदायी अनुभव होती थी, अब दुःखद महसूस होने लगती है।

कोई भी व्यक्ति किसी ज़हरीले सांप को इसलिए जेब में नहीं डाले फिरेगा क्योंकि वह रंगबिरंगा है। वह जानता है कि सौन्दर्य के अलावा उसमें हलाहल विष विद्यमान है। ठीक इसी प्रकार जब मनुष्य यह जान जाता है कि बुरे कामों से भविष्य में अवश्य ही दुःख और कष्ट भोगना पड़ेगा तो वह उनके प्रति उदासीन होने लगता है। पहले जिन्हें करने में उसे आनन्द का अनुभव होता था, अब वह उनसे विरत होने लगता है। अब इन कामों की बाहरी तड़क– भड़क समाप्त हो गई है–वह उन वस्तुओं की यर्थाथता के बारे में अब अनजान नहीं रहा। अब वह उन्हें उनके ठीक रूप में पहचानता है।

मैं एक ऐसे नवयुवक को जानता हूं जो व्यापारी था, साथ ही जो पादरी भी था। उसने बताया कि व्यापार में झूठ और छल-छद्म बहुत आवश्यक है, नहीं तो काम–धन्धा चल ही नहीं सकता। उसने कहा कि यह ठीक है कि झूठ बोलना आचार के विरुद्ध है, लेकिन व्यापार में रहते हुए उसे इसका सहारा लेना पड़ता है। मैंने उससे जो पूछताछ की उससे मुझे ज्ञात हुआ कि उसने व्यापार में सच्चाई और ईमानदारी को आज़माकर नहीं देखा, बल्कि उसने यह तक नहीं सोचा कि जो तरीका वह अपनाता है उससे भिन्न कोई बेहतर तरीका और भी हो सकता है। तो क्या वह नवयुवक जानता था कि झूठ बोलना बुरा है? नहीं, केवल लोगों के मुंह से उसने बार-बार सुना था कि झूठ बोलना बुरी बात है, बस इतना ही वह जानता था–इससे अधिक नहीं। इससे अधिक गहराई में, और ज्यादा सच्चे रूप में, वह इसे नहीं जानता था। उसे, झूठ बुरा है यह सिखाया गया था और उसके मन पर यह बात अंकित थी। लेकिन दूसरी ओर वह देखता था कि इसी के सहारे वह फल–फूल रहा है; साथ ही वह यह सोचता था कि यदि वह ईमानदारी को इसमें अपनाएगा तो उसे हानि, गरीबी और कष्ट का सामना करना पड़ेगा। संक्षेप में, वह मन के अन्दर झूठ को व्यवहारिक रूप से ठीक और ईमानदारी को गलत चीज़ समझता था। उसे झूठ की वास्तविक प्रकृति का ज्ञान न था कि इससे चरित्र, आत्मसम्मान, शक्ति, उपादेयता, प्रभाव और प्रतिभा की कितनी हानि होती है; और मनुष्य प्रतिष्ठा खोकर और भौतिक सुख–समृद्धि में ह्रास सहकर कहां से कहां पहुंचता है। किन्तु जब मनुष्य दूसरों के हित की बात सोचने लगता है और झूठ न बोलने से उसे जिस हानि का डर होता है वह उसे सहन कर

लेता है, केवल तभी उसे इस वास्तविक ज्ञान की प्राप्ति होती है कि इतने दिनों तक वह दूसरों को नहीं बल्कि अपने–आपको धोखे में रखे हुए था और अज्ञानता के गहरे अंधकार में रह रहा था।

उपर्युक्त दोनों उदाहरण सन्देह और भ्रम के जाल में उलझे हमारे पाठकों के सम्मुख एक बात को बड़ी अच्छी तरह प्रस्तुत करते हैं। और वह यह कि सभी पाप अथवा बुराइयां अज्ञानता का परिणाम हैं, अतः किसी में बुराई देखकर हमें उसके प्रति सहानुभूतिशील होना चाहिए; इसके विपरीत, उससे घृणा से पेश नहीं आना चाहिए।

और जो बात बुरी आदतों और झूठ बोलने के बारे में है वही लोभ, घृणा, ईर्ष्या, घमंड, आडम्बर, आत्मप्रशंसा, स्वार्थपरता आदि सभी अन्य बुराइयों के विषय में भी लागू होती हैं। इन सबका वही एक कारण है– ज्ञान की शून्यता, हृदय में सत्यप्रकाश की अनुपस्थिति अथवा आध्यात्मिक अंधकार।

जब मनुष्य अपने हृदय में दूषित अवस्था पर काबू पा लेता है और बुराई ज़ड़ को समझ लेता है तो उसकी नज़रों में बुराई का स्वरूप इतना घृणित एवं निन्दनीय नहीं रह जाता। वैसी स्थिति में बुराई करने वाले व्यक्ति के बारे में उसके हृदय में दयाभाव जागरित हो जाता है।

दोष देखने की प्रवृत्ति से हम एक अन्य दोष में फंस जाते हैं। प्रत्येक मनुष्य को व्यक्तिगत स्वतंत्रता रखने का अधिकार है, अर्थात् हरेक व्यक्ति को यह हक प्राप्त है कि अपनी इच्छा के अनुसार काम करे। दूसरों के दोष देखने की प्रवृत्ति होते ही व्यक्ति में यह इच्छा जागृत होने लगती है कि दूसरों के विचार और कार्य उसके अनुसार हो जाएं। सम्भवत: यह मनुष्य का सर्वव्यापक भ्रम है कि जो कुछ वह सोचता और विचारता हैं वह ठीक है, उससे भिन्न सभी कुछ गलत है, इसलिए वह उनका बुरी तरह खण्डन करता है। इसी भ्रान्ति के परिणामस्वरूप मत-मतान्तरों के झगड़े होते हैं। ईसाई लोग दूसरे धर्म बालों को पथभ्रष्ट समझते हैं। इसी प्रकार दूसरे सम्प्रदाय वाले भी (जैसे भारत में, हिन्दू–मुसलमान आदि) समझते हैं कि ईसाई लोग संसार में झूठे सिद्धान्त फैलाकर उसे बड़ी हानि पहुंचा रहे हैं। किन्तु सच्चाई यह है कि न तो ईसाई बुरे हैं और न दूसरे धर्मावलम्बी; इनमें से कोई भी बुराई का

प्रचार नहीं कर रहा है। प्रत्येक सम्प्रदाय वाला अपने विश्वास के अनुसार अपना मार्ग अपनाता है, और उसको वह सच्चा समझकर उस पर आचरण करता है।

यदि हम शान्त मन से इस तथ्य पर विचार करें कि संसार के सभी धर्मावलम्बी दूसरे मत वालों को हीन व बुरा कहकर उनका खण्डन करने तथा अपने-आपको श्रेष्ठ व सत्यपथ के अनुयायी बताकर अपने मत का प्रचार करने में जुटे हैं तो इससे हमें सच्चाई तक पहुंचने में बड़ी मदद मिलेगी। हम स्पष्ट देख पाएंगे कि सारी बुराई की जड़ है-मानसिक अंधकार, अर्थात अज्ञानता। यदि इस पर अच्छी तरह ध्यान दिया जाये तो मनुष्य में दया, सेवाभावना, अन्तर्दृष्टि और मानसिक उदारता का यथेष्ट विकास हो सकता है।

यथार्थ रूप में बुद्धिमान और सज्जन व्यक्ति सभी बातों में अच्छाई देखता है-बुराई किसी भी चीज़ में नहीं देखता। क्योंकि अब उसका यह आग्रह नहीं है कि जैसा वह सोचता या काम करता है वैसा ही दूसरे भी सोचें या करें। अब वह जान गया है कि प्रत्येक व्यक्ति की अपनी एक प्रवृत्ति है, उसका अपना एक रुझान है और लोग जो अलग-अलग तरह से सोचते और करते हैं वह स्वाभाविक है। जब उसके हृदय से घृणा, निन्दा, अहंकार और पूर्वाग्रह की प्रवृत्तियां धुल-पुंछ जाती हैं तो वह हलका हो जाता है और यह समझने लगता है कि पवित्रता, प्रेम, करुणा, सज्जनता, धैर्य विनय एवं निःस्वार्थता ज्ञान का प्रकाश है और अपवित्रता, घृणा, क्रूरता, दुष्टता, विह्वलता, घमंड एवं स्वार्थपरता अज्ञान का अंधकार है। वैसी स्थिति में वह यह भी समझने लगता है कि चाहे लोग ज्ञान के प्रकाश में रह रहे हों या अज्ञान के अंधकार में-वे एक हैं और वही करते हैं जिसे वे आवश्यक समझते हैं। बुद्धिमान इस बात को पूरी तरह समझता है, इसलिए वह दूसरों से कटुता नहीं रखता, और न ही किसी पर दोषारोपण करता है।

हरेक व्यक्ति अपनी प्रकृति के अनुसार-अच्छे और बुरे की अपनी धारणा के अनुसार-कार्य करता है, और अपने अनुभूत कर्मों का फल भोगता है। मनुष्यमात्र का एक सबसे महान अधिकार है और वह है-अपनी इच्छानुसार चिन्तन और कार्य का चुनाव। यदि कोई व्यक्ति स्वार्थ से प्रेरित होकर अपने तत्कालीन सुख की प्राप्ति की ओर बढ़ता है, और अपने

सहवर्तियों की सुख-सुविधा का विचार नहीं रखता, तो कार्य-कारण के अटल नियम के अनुसार वह शीघ्र ही दुःख-सन्ताप से घिर जाता है, जिससे उसे शीघ्र ही, रुककर नये सिरे से सारी स्थिति पर विचारने के लिए बाध्य होना पड़ता है। इस प्रकार वह श्रेष्ठतर मार्ग को प्राप्त कर लेता है।

अनुभव से बढ़कर और कोई शिक्षक नहीं है। अज्ञान के कारण जो कष्ट या यातना प्राप्त होती है, उससे बढ़कर बड़ी सीख देने वाला और आत्मसंस्कार करने वाला कोई दण्ड नहीं है। स्वार्थी व्यक्ति अज्ञानी होता है। वह अपना मार्ग चुनता है; लेकिन उसका रास्ता उसे कष्टों की ओर ले जाता है। किन्तु कोई बात नहीं, कष्टों से उसमें ज्ञान और विवेक जाग जाता है। निःस्वार्थ व्यक्ति ज्ञानी होता है। वह भी अपना मार्ग चुनता है; लेकिन वह अज्ञान और कष्टों की स्थितियों से गुज़रता हुआ, उसे ज्ञान के सम्यक् प्रकाश में चुनता है और ज्ञान और विवेक को सहज ही प्राप्त करता है।

मनुष्य दूसरों में दोष न देखने की प्रवृत्ति को तभी ठीक से समझता है जब वह दूसरों के बारे में सम्मति देते समय अपने व्यक्तिगत मंतव्यों की गन्ध नहीं आने देता, उनके क्रिया–कलाप को अपने मानदण्ड से नहीं प्रत्युत उनके मानदण्ड से देखता है। दूसरों में दोष इसीलिए दिखाई देते हैं क्योंकि हम लोग उचित और अनुचित के बारे में अपने–अपने मानदण्ड बना लेते हैं और इच्छा प्रकट करते हैं कि सभी हमारे मानदण्ड के अनुसार चलें। मनुष्य की ठीक परख तभी हो सकती है जब वह मेरे या आपके मानदण्डों से नहीं, उसके अपने मानदण्ड से की जाए; और इस प्रकार की जांच–परख न्याय की नहीं बल्कि प्रेम की जांच–परख हो जाती है। जब हम प्रेम की आंखों से देखते हैं तभी हमारा अन्तर आलोकित होता है और हम दूसरों को उचित परिप्रेक्ष्य में देख पाते हैं। मनुष्य प्रेम की ओर तभा बढ़ता है जब वह अपने मन में कहने लगता है– 'मैं ही ऐसा कौन हूं जो दूसरों की जांच–परख करूं? क्या मैं इतना पवित्र और पापरहित हूं कि दूसरों को बुरा बताऊं और उनको दोषी ठहराऊं? बल्कि मुझे स्वयं ही विनम्र बनना चाहिए और दूसरों के न्यायकर्ता का पद धारण करने से पूर्व मुझे अपनी ही कमियों को दूर करना चाहिए।

एक बार एक महिला को, जो घोर पाप करते पकड़ी गई थी, लोग पत्थरों से चोट मारने की सोच रहे थे। ईसा ने सुना। वे बोले– "जिसने आज

तक कोई पाप नहीं किया वह पहला पत्थर मारे।" और यद्यपि जिसने यह बात कही थी उसने जीवन में कोई पाप नहीं किया था तो भी उसने पत्थर नहीं उठाया और न ही कोई कटु वचन कहे, बल्कि बड़ी मधुर वाणी में सहानुभूति–भरे शब्द कहे–"मैं तुझे दोषी नहीं ठहराता। जा, अब पाप मत करना।"

पवित्र हृदय के अन्दर व्यक्तिगत पक्षपात एवं घृणा के लिए कोई स्थान नहीं है, क्योंकि वह स्नेह एवं प्रेम से परिपूर्ण रहता है। ऐसे व्यक्ति को दूसरे में कोई बुराई नहीं दिखती। और ज्योंही मनुष्य दूसरों में बुराई नहीं देखता, वह सब प्रकार के पाप, दुःख एवं कष्ट से मुक्त हो जाता है।

जब तक मनुष्य का मन मस्तिष्क ज्ञान से आलोकित न हो जाए, वह अपने भीतर अथवा अपने कार्यों में कुछ भी बुराई नहीं देखता। जब उसके मन का अन्धकार दूर हो जाता है तो वह उन क्रियाओं को छोड़ता चला जाता है जिसे वह दोषपूर्ण व गलत पाता है। हरेक व्यक्ति अपने कार्यों को उचित ठहराता है– दूसरे चाहे उसके काम को कितना ही दोषपूर्ण क्यों न बताएं वह उसे उचित और आवश्यक समझता है। और ठीक भी है, यदि वह उसे अच्छा नहीं कहेगा तो फिर उन्हें करेगा कैसे? क्रोधी अपने क्रोध को, लोभी अपने लोभ को, दुराचारी अपने दुराचार को, झूठा अपने झूठ को उचित ठहराता है। दोषान्वेषी व्यक्ति जिनसे घृणा करता है उनकी बुराइयां निकालकर उन्हें बताने के काम को अच्छा मानता है। चोर चोरी के काम को धनी और सुखी होने का शार्टकट एवं सबसे सरल उपाय समझता है। और यहां तक कि हत्यारा सोचता है कि उसके घृणित कार्य में भी औचित्य है।

प्रत्येक मनुष्य के कार्य उसके ज्ञान और अज्ञान के अनुपात के अनुरूप ही स्वरूप ग्रहण करते हैं। अपने ज्ञान की परिधि से परे न तो व्यक्ति जी ही सकता है, न कोई कार्य ही कर सकता है। हां, वह आत्मसुधार अवश्य कर सकता है, और इस प्रकार वह धीरे-धीरे अपने प्रकाश एवं ज्ञान की परिधि को बढ़ा सकता है। क्रोधी व्यक्ति इसीलिए विवाद में पड़ता हैं और गाली देता है क्योंकि उसका ज्ञान सहिष्णुता और धीरज की सीमा को नहीं छू सका है। सज्जनता का अभ्यास न होने के कारण वह इसे समझ नहीं पाता, चुन नहीं पाता और न ही क्रोध की बुराई की शालीनता की अच्छाई के साथ तुलना

करके इसकी गरिमा को गुन पाता है। यही स्थिति असत्यभाषी, दोषान्वेषी और चोर की है। वह मन से और कर्म से अन्धकार में रहता है, क्योंकि उसका ज्ञान और अनुभव अपरिपक्व है, और यह इसलिए कि वह उच्चतर स्थितियों में नहीं रहा है। उसे उनका कोई ज्ञान नहीं है। और उसके लिए तो यों कहिए कि उनका कोई अस्तित्व ही नहीं है। "प्रकाश अन्धकार में चमकता है, पर अन्धकार उस प्रकाश की अनुभूति नहीं कर पाता।" अन्धकार, अंधियारा होने के कारण, अपनी स्थिति भी ठीक से नहीं समझ पाता, क्योंकि वह अपरिहार्य रूप से सब प्रकार के ज्ञान से शून्य रहता है।

जब मनुष्य बार-बार कष्ट उठाता है तो वह अपने क्रियाकलाप पर अंततः दृष्टिपात करता है, और जान जाता है कि उसके क्रोध, या झूठ अथवा अज्ञान की अमुक अवस्था के कारण ही वह संकट और विपत्ति से ग्रस्त हुआ है। और तभी ठह इनसे विमुख होता है। और वहीं से वह उनके विपरीत उज्ज्वल गुणों की अन्वेषणा तथा उनका अभ्यास करने लगता है। जब वह उचित मार्ग पर दृढ़ता से अपने–आपको स्थिर कर लेता है तब दोनों परस्पर–विरोधी स्थितियों के बारे में उसका ज्ञान पूरा होता है; और वस्तुत: तभी वह जान पाता है कि वह पहले अंधकार के कितने गहरे गड्ढे में पड़ा हुआ था। अनुभव से प्राप्त अच्छाई और बुराई का यह ज्ञान ही सच्चा ज्ञान है।

जब मनुष्य दूसरों के कार्यों को उन्हीं की नज़र से देखने लगता है और अपने मानदण्ड से न परखकर उन्हीं के मानदण्ड से मापने लगता है, तब वह दूसरों में बुराई देखना छोड़ देता है; क्योंकि वह जान जाता है कि हरेक व्यक्ति की अच्छाई और बुराई की धारणा और आदर्श पृथक-पृथक हैं। वह जान जाता है कि दुनिया में बड़े से बड़े दोष को भी कुछ व्यक्ति अच्छा समझते हैं, इसी प्रकार बड़े से बड़े गुण को भी कुछ व्यक्ति बुरा समझते हैं। जिस वस्तु को मनुष्य अच्छा समझता है, वह उसके लिए अच्छी है और जिसको बुरा समझता है, वह उसके लिए बुरी है।

पुण्यात्मा व्यक्ति, जिसने दूसरों में दोष निकालने की प्रवृत्ति छोड़ दी है, दूसरों को अपने मार्ग पर चलाने तथा उन पर अपनी राय थोपने की इच्छा नहीं रखता। इसके विपरीत, वह उन्हें अपनी स्वतंत्र राय रखने में सहायता करता है। वह अच्छी तरह जानता है कि केवल सम्मति को बदलने से नहीं

बल्कि अनुभवों से, उच्चतर ज्ञान और श्रेष्ठतर आनन्द प्राप्त होते हैं।

प्राय: देखा जाता है कि मनुष्य उन्हें बुरा कहता है जो उससे मतभेद रखते हैं, और उन्हें अच्छा कहता है जो उससे सहमत होते हैं। ऐसा व्यक्ति अपनें–आपको प्रेम करता है और अपने विचारों में ही डूबा रहता है। वह उन्हें चाहता हैं जो उससे सहमत होते हैं, और जो उससे सहमत नहीं होते उनसे घृणा करता है। एक महान सन्त ने कहा है–"जो तुझसे प्रेम करते हैं, यदि तूने उनसे प्रेम किया तो क्या किया?... अपने शत्रुओं से प्रेम कर, और उनकी भलाई कर जो तुझसे घृणा करते हैं।" अहंकार और आडम्बर मनुष्य को अंधा कर देते हैं। विभिन्न धर्मों को मानने वाले लोग परस्पर घृणा करते हैं और एक-दूसरे पर छींटाकशी करते हैं। अलग-अलग राजनीतिक विचारधारा रखने वाले लोग परस्पर लड़ते-झगड़ते हैं और एक-दूसरे के विचारों का खण्डन करते हैं। पक्षधर व्यक्ति सबको अपने मापदण्ड से परखता है और अपने विचारों के अनुसार उनके विषय में अपनी राय बनाता है। उसका दृढ़ विश्वास होता है कि वह ठीक है और दूसरे गलती पर हैं। इसलिए वह दूसरों को अपने मार्ग पर लाने के लिए, चाहे दूसरे उसे उचित न भी समझते हों, आवश्यक सख्ती अथवा दण्ड को भी उचित समझता है।

मनुष्य एक-दूसरे से घृणा करते हैं, निंदा करते हैं, दोषारोपण करते हैं तथा लड़ते–झगड़ते हैं। इसकी वजह यह नहीं है कि वे वस्तुत: बुरे हैं, न ही यह है कि वे सच्चाई जानते हैं पर जान–बूझकर बुरे काम करते हैं। इसका कारण यह है कि वे इस तरह के व्यवहार को आवश्यक और उचित समझकर करते हैं। सब मानव हृदय से अच्छे हैं; हां, कुछ दूसरों से अधिक बुद्धिमान तथा कुछ अनुभवों से अधिक बढ़े हुए हैं।

एक महान गुरु से किसी शिष्य ने पूछा–"अच्छाई और बुराई में क्या अन्तर हैं।"

गुरु ने अपने हाथ की अंगुलियों को नीचे की ओर झुकाकर कहा–"मेरा हाथ किस दिशा की ओर झुका हुआ है?"

और शिष्य ने उत्तर दिया–"वह नीचे की ओर झुका हुआ है।"

तब गुरु ने अपने हाथ को ऊपर उठाकर प्रश्न किया–"अब मेरा हाथ किस दिशा में उठा हुआ है?"

और शिष्य नें उत्तर दिया– "वह ऊपर की ओर उठा हुआ है।"

"बस, यही अन्तर है बुराई और अच्छाई में।" गुरु ने कहां। इस सरल से उदाहरण से गुरु ने बताया कि शक्ति को अनुचित दिशा में लगाना ही बुराई है तथा उचित दिशा में लगाना ही अच्छाई; और तथाकथित बुरा व्यक्ति अपना व्यवहार उलटकर भला बन सकता है।

अच्छाई का अभ्यास करके, बुराई की सच्ची प्रकृति को समझना ही दूसरों में बुराई न देखना है। वह मनुष्य धन्य है जो दूसरों में बुराई खोजने की प्रवृत्ति को रोककर अपने हृदय को पवित्र करने की दिशा में प्रवृत्त होता है। एक दिन वह दिव्य नेत्र पा लेता है, जिससे वह बुराई को देख लेता है।

बुराई की प्रकृति जान लेने के पश्चात मनुष्य को क्या करना चाहिए?– उसे केवल भलाई का काम करना चाहिए। जैसे, यदि कोई व्यक्ति मेरी निन्दा करेगा, तो मैं बदले में उसकी निन्दा न करूंगा। यदि कोई मुंह चिढ़ाएगा, तो मैं उससे नम्र व्यवहार करूंगा। यदि कोई व्यक्ति मुझे कटु वचन कहेगा, तो मैं उसके गुण प्रकट करूंगा। यदि कोई मुझसे घृणा करेगा, तो उसे मेरा प्रेम मिलेगा, जिसकी उसे अत्यन्त आवश्यकता है। जो मेरे साथ अधीरता से पेश आएगा, मैं उससे धैर्यपूर्वक व्यवहार करूंगा। जो लोभ करेगा, मैं उसके प्रति उदार बनूंगा। जो हिंसक और झगड़ालू होगा, उसके साथ मैं अहिंसा और शान्ति से व्यवहार करूंगा। जब मैं दूसरों में दोष ही न ढूंढूंगा, तो फिर मैं घृणा किससे करूंगा? अथवा तब मेरा शत्रु कौन होगा?

क्या दुनिया तेरा अहित चाहती है
या तुझसे द्वेष करती है
ओ प्यारे भाई, ओ प्यारी बहन!
तो मुझे तुझपर दया आती है।
क्योंकि वह मेरा अहित नहीं चाहती;
न मुझसे द्वेष ही करती है।
मुझ पर सबकी कृपा है।
मुझे किसी पर क्रोध नहीं आता
और मुझे क्रोध आखिर आए ही क्यों!

जो व्यक्ति दूसरों को बुरा समझता है, वह सोचता है कि लोगों के बुरे विचारों और बुरे कर्मों के पीछे वे लोग स्वयमेव पाप की साक्षात् मूर्ति हैं, जो उन कुकर्मों को कर रहे हैं। इसके विपरीत, जिसकी बुद्धि निर्मल तथा हृदय पवित्र हो चुका है, वह ऐसा नहीं सोचता। वह किसी व्यक्ति के कार्यों को निन्दित भले ही कहेगा, किन्तु यह नहीं समझेगा कि उनका कर्ता स्वयं पापात्मा है। संसार का मूल तत्व 'शिव' है–भलाई है; 'अशिव' या बुराई नहीं। मंगल स्थायी है, अमंगल स्थायी नहीं है।

जिस प्रकार एक घर में रहने वाले सहोदर भाई-बहन सुख-दुःख में एक-दूसरे से प्रेम करते हैं; एक-दूसरे के दोष नहीं निकालते, किन्तु एक-दूसरे की कमियों को नज़र-अन्दाज़ करते हैं तथा स्नेह की डोरी में बंधे रहते हैं; ठीक उसी प्रकार सत्प्रकृति वाला व्यक्ति सभी पुरुषों और स्त्रियों को भाई-बहन की तरह समझता है। वह दूसरों में दोषान्वेषण नहीं करता– सबके साथ सौहार्द से रहता है। वही व्यक्ति सच्चे अर्थों में आनन्द प्राप्त करता है जो इस अवस्था को प्राप्त कर लेता है।

नवां सोपान

स्थायी आनन्द

जब प्रेम का दिव्य प्रकाश फैलेगा
और उल्लास चहुं ओर छा जाएगा!
तब हमारे दिन उज्ज्वल होंगे
और हृदय पुलक से भर उठेंगे!

–वर्ड्सवर्थ

स्थायी आनन्द....! क्या सचमुच कोई ऐसी वस्तु है...? वह कहां है? किसके पास है?– हां, ऐसी वस्तु है। वह वहां है जहां पाप नहीं है। वह पवित्र हृदय में रहती है।

जैसे अन्धकार अस्थिर छाया है और प्रकाश स्थायी वस्तु है, वैसे ही दुःख अस्थिर है और आनन्द चिरस्थायी है। किसी भी सत्य पदार्थ का क्षय नहीं हो सकता। और कोई असत्य वस्तु टिक नहीं सकती। दुःख असत्य वस्तु है अतः वह टिक नहीं सकता। आनन्द सत्य वस्तु है अतः वह मिट नहीं सकता।

यह मत सोचिए कि आपका दुःख सदा बना रहेगा; यह तो बादल की तरह उड़ जाएगा। यह मत सोचिए कि दुःख यातनाएं हमेशा तुम्हारे भाग्य में लिखी है। वे एक भयानक सपने की तरह सहज ही लुप्त हो जाएंगी। उठिए, जागिए और आनन्द–लाभ कीजिए।

आप स्वयं ही अपने सुख-दुःखों के स्रष्टा हैं। सांसारिक पदार्थों के प्रति आपकी जितनी लालसा होगी, आप उतना ही दुःख पाएंगे। आपकी उनके प्रति जितनी अनासक्ति होगी, आप उतना ही आनन्द-लाभ करेंगे।

आप दुःख के असमर्थ दास नहीं हैं। अमर आनन्द आपके घर-द्वार पर आने की प्रतीक्षा में है। आप निराशा और पाप की काल–कोठरी के कैदी नहीं है। अब भी पवित्रता का प्रकाश आपकी बन्द पलकों पर पड़ रहा है। वह आपके जागने की प्रतीक्षा में है।

पाप और आत्माशक्ति की गहरी नींद में हम स्थायी आनन्द खो बैठते हैं, और इस प्रकार वह हमसे दूर जा पड़ता है। तब उस आनन्द का अमर संगीत सुनाई नहीं पड़ता और उसके सदाबहार पुष्पों की सुरभि पथिक के मानस को पुलकित नहीं कर पाती।

किन्तु जब पाप और आसक्ति त्याग दिए जाते हैं और इन्द्रियों के सुख के लिए वस्तुओं का मोह छोड़ दिया जाता है, तब दुःख की छायाएं लुप्त हो जाती है और हृदय अविनश्वर आनन्द को प्राप्त करता है।

जिन व्यक्तियों के हृदय स्वार्थ से रहित हो जाते हैं, आनन्द उनके अन्दर वास करता है। जो शान्ति एवं पवित्रता से जीवन व्यतीत करते हैं, आनन्द उन्हीं की सम्पत्ति है। और जो स्वार्थी, कलह–प्रिय और दुराचारी हैं, आनन्द उनसे कोसों दूर भागता है।

आनन्द एक सुन्दर, कोमल और पवित्र देवदूत है, जो कि पवित्र–हृदय व्यक्तियों के साथ ही वास कर सकता है। वह स्वार्थ के साथ नहीं रह सकता। वह तो केवल प्रेम का ही साथी है।

स्वार्थभय लालसाएं जितनी कम होंगी, उसी परिमाण में आनन्द प्राप्त होगा। यद्यपि आनन्द की पूर्ण प्राप्ति तो पवित्र–हृदय व्यक्तियों को ही होती है, किन्तु इसका रसास्वादन साधारण व्यक्ति भी, लालसाओं के त्याग से, कर सकते हैं। प्रत्येक सच्चे, स्वार्थहीन विचार और कार्य में वह आनन्द प्राप्त होता

है जोकि आवेशमात्र नहीं है, न ही आत्मविलास की वस्तु है और न जिसके पश्चात् दुःख ही उत्पन्न होता है।

हरेक व्यक्ति को स्थायी आनन्द उसी मात्रा में मिलता है जितनी मात्रा में वह स्वार्थहीन है। जितना वह स्वार्थी होता है, उतना ही वह दुःखी होता है। जिन व्यक्तियों ने अपने अहंकार पर विजय प्राप्त कर ली है, वे वस्तुतः सत्पुरुष हैं, और ऐसे ही सत्पुरुष आनन्द प्राप्त करते हैं। कोई भी पहुंचा हुआ व्यक्ति यह नहीं कहता कि दुःख ही जीवन की नियति है; वह सदा कहेगा–अन्त में आनन्द की प्राप्ति होगी। दुःख की ओर वह संकेत अवश्य करता है, पर वह उसे पापों से मुक्त होने के लिए एक साधन मात्र समझता है। अहंकार का जहां लोप हुआ वहीं दुःख भी दूर हुआ। आनन्द सत्य का साथी है। जब जीवन पवित्र हो जाता है तो दुःख व शोक का स्थान दया ग्रहण कर लेती है। निःस्वार्थ बनने की प्रक्रिया में गहन दुःख की घड़िया भी आ जाती हैं, क्योंकि आत्मसंस्कार की क्रिया वस्तुतः कठिन होती है। सभी प्रकार के निर्माणकार्य दुस्साध्य हैं। पर हां, जब प्रक्रिया पूरी हो जाती हैं तब आनन्द चिरस्थायी हो जाता है।

तनिक सोचिए, पुष्प विकसित कैसे होता है। पहले एक छोटा–सा अंकुर अंधेरी मिट्टी में से ऊपर प्रकाश की ओर अपना मार्ग बनाता है। तब पौधा दिखाई पड़ता है। फिर पत्ते पर पत्ता जुड़ जाता है। और अन्त में पूरा पुष्प विकसित हो जाता है। उसमें प्रकृति मधुरतम गंध और सौन्दर्य भर देती है।

वही बात मानव-जीवन के लिए भी कही जा सकती है। मनुष्य पहले स्वार्थ और अज्ञानता के अंधकार में अंधे की तरह प्रकाश को टटोलता है। फिर वह धीरे-धीरे प्रकाश में आता है और पीड़ा और दुःख से पूर्ण स्वार्थवृत्ति पर शनैः-शनैः नियन्त्रण करता है। और अन्त में उसके भीतर पवित्र और निःस्वार्थ जीवन का पुष्प विकसित होता है, जिसका सौरभ, पवित्रता और सौन्दर्य सबको आनन्द देता है।

सज्जन और पवित्रात्मा परम प्रसन्नता प्राप्त करते हैं। भले ही लोग तर्क की कसौटी पर इसे झूठा या कम महत्वपूर्ण सिद्ध करने का यत्न क्यों न करें, किन्तु मनुष्य का हृदय इसकी सत्यता की गवाही देता है। क्या हम देवताओं

और देवदूतों को आनन्द स्वरूप नहीं मानते। हाड़-मांस के पुतले भी उन्हीं देवताओं की भांति आनन्दमय हैं; हम उनसे मिलते हैं और देखते ही देखते आगे बढ़ जाते हैं। हममें से ऐसे पवित्र व्यक्ति होते कितने हैं जो उनकी अन्तरात्मा को पहचान सकें!

जब तक स्वार्थ का भूसा मनुष्य के हृदय पर छाया रहता है तब तक ही दुःख रहता है। जब दानों को अनाज से पृथक कर लिया जाता है तो भूसा अलग करने की मशीन बंद कर दी जाती है इसी प्रकार जब मन से सब प्रकार की मलिनताएं घुल-पुंछ जाती हैं, तब दुःख की कार्य-प्रणाली समाप्त हो जाती है। और तब इसकी कोई आवश्यकता नहीं रह जाती। इसी समय अमर आनन्द का प्रसार होता है।

मानव-जाति के सुधारकों ने एक स्वर से नाम-जप की महिमा का बखान किया है। उनका दावा है कि नाम का जाप करने से, आने वाली विपत्तियां बिना उमड़े शांत हो सकती हैं, रोग-द्वेष दूर हो सकते हैं, बन्धुज़न सकुशल यात्रा पूरी कर सकते हैं, कठिनाइयों पर सरलता से नियन्त्रण किया जा सकता है। सन्त-महात्माओं ने भी आत्मविकास का मार्ग प्रशस्त किया है। उनका कथन है कि मानसिक रोगी शान्ति प्राप्त कर सकते हैं, घायलों को घाव भर सकते हैं, शोकपीड़ित व्यक्ति हर्ष पा सकते हैं, पापी अपने दोषों पर विजय पा सकते हैं, भटके हुओं को मंज़िल मिल सकती है और दुःखी एवं भग्नहृदय व्यक्ति आनन्द की पुलक से भर सकते हैं। यह बात नहीं कि ये सुखद उपलब्धियां जन्म से प्राप्त होंगी; बल्कि वे यहीं और इसी क्षण मिलेंगी। वे जानी–पहचानी, भोगी और आस्वादित हैं; इसलिए सन्तजन बल देकर कहते हैं कि जो व्यक्ति अहंकार के दुर्वह बन्धनों को तोड़ फेंकता है वह उन्हें प्राप्त करता है और स्वार्थहीन प्रेम की आलोकमय उच्च स्थिति में जा पहुंचता है।

आप उच्चतम सत्य को खोजेंगे तो उसे अवश्य पाएंगे। सत्य को प्राप्त करने का आपका जितना प्रयास होगा, उसका अनुभव भी उसी अनुपात में होगा। और जितना आप अनुभव करेंगे, उतनी ही गहराई से आपको आनन्द-लाभ होगा। दूसरों की हित चिन्ता में, दूसरों की भलाई और प्रेम में, दूसरों की सेवा में आप अपनी स्वार्थमय लालसाओं को जितना भूल जाएंगे,

उतना ही अधिक आपको आनन्द मिलेगा–उससे अधिक नहीं।

स्थायी आनन्द के मन्दिर का द्वार है निःस्वार्थता, जिसमें प्रवेश करके कोई भी व्यक्ति उसे प्राप्तकर सकता है। इस बात में किसी को सन्देह हो तो वह आकर स्वयं परख सकता है।

निष्कर्ष रूप में, जब हमें यह ज्ञान हो जाता है कि स्वार्थ से दुःख तथा स्वार्थहीनता से आनन्द की प्राप्ति होती है; और जब हम जान लेते हैं कि हम जिनके साथ रहते हैं और जिनके सम्पर्क में आते हैं, वे भी हमारी निःस्वार्थता से अधिक से अधिक सुखी और आनन्दित होंगे; तथा जब हमें यह अनुभूति होने लगती है कि मानव–सृष्टि एक ही है और जो एक व्यक्ति का सुख है वह सब का सुख है–तब हमें न केवल अपने तथा अपने मित्रों के लिए बल्कि अपने विरोधियों के लिए भी मार्ग में कांटों की जगह फूल बिछाने चाहिए, ताकि उनके सौरभ से वायु सुगन्धित हो जाए और संसार आनन्द–कानन की तरह महक उठे!

दसवां सोपान

मौन

ओ मेरे मन मौन रह।
कार्य की व्यवस्तता में तुम जो
अपना आपा भूल जाते हो,
उससे थोड़ी देर के लिए दूर हट!
घड़ी–भर के लिए
अकेला रहने से मत डर।

–अर्नेस्ट क्रास्वी

बुद्धिमान मनुष्य के शब्दों में महान शक्ति होती है, किन्तु उसके मौन में और भी अधिक शक्ति होती है। जब महापुरुष जान–बूझकर मौन धारण कर लेते हैं तब उनकी शिक्षा और भी अधिक प्रभावपूर्ण हो उठती है। महान व्यक्ति का मौनभाव, जिसे कदाचित् एक या दो शिष्य ही अपने जीवन में उतार पाते हैं, युग-युग तक स्थिर और अमर रहता है। इसके विपरीत, एक वाक्चतुर वक्ता के चिकने–चुपड़े वचनों को हजारों व्यक्ति सुनते हैं और वे शब्द उनमें एकदम लोकप्रिय हो उठते हैं; किन्तु

प्राय: कुछ समय पाकर भुला दिए जाते है।

जब तार्किक ब्राह्मणों ने ब्रह्म के सम्बन्ध में प्रश्नों की झड़ी लगा दी तो महात्मा बुद्ध मौन बने रहे। इस प्रकार वे ब्राह्मण जितना जानते थे, बुद्ध ने, अपने मौन से, उन्हें उनकी अपेक्षा कहीं श्रेष्ठतर ज्ञान दिया, और यद्यपि उनका मौन मूढ़जन को शान्त न कर सका, किन्तु उसने विद्वानों को गूढ़ ज्ञान दिया। और वह यह कि ईश्वर के सम्बन्ध में असहनशीलता से भरा ऐसा दीर्घ वाद–विवाद क्यों? लोगों को चाहिए कि वे कुछ सीमा तक दयालुता और आस्था का अपने अन्दर संचार करें और इस प्रकार ज्ञान के प्राथमिक सिद्धान्तों से परिचित हो जाएं। ईश्वर के सम्बन्ध में इतनी मनगढ़ंत बातें क्यों की जाती हैं? हमें पहले अपने विषय में तो समझ लेना चाहिए। अनास्था व अहंकार से बढ़कर मूर्खता व बचकानेपन का और कोई प्रमाण नहीं है। इसी तरह आस्था एवं विनय के समान बौद्धिक और आध्यात्मिक परिपक्वता का और कोई उदाहरण नहीं है। लाओ–त्से ने अपनी इस शिक्षा को अपने जीवन में ही फलीभूत करके दिखा दिया कि बुद्धिमान व्यक्ति "शब्दों का प्रयोग किए बिना ही (अर्थात् मौन से) शिक्षा देता है।" इसी महान गण से आकृष्ट होकर उसके अनेक शिष्य बन गए।

महान व्यक्तियों के मौन कार्य बुद्धिमानों के लिए दूर से चमकने वाले दीपक हैं। जो व्यक्ति गुण तथा ज्ञान प्राप्त करना चाहता है, उसे न केवल यह सीखना है कि कब बोलना चाहिए और क्या बोलना चाहिए, बल्कि उसे यह जानना भी जरूरी है कि कब मौन रहना चाहिए और क्या नहीं बोलना चाहिए। वाणी पर उचित नियंत्रण बुद्धिमत्ता का प्रारम्भ हैं; मस्तिष्क पर सम्यक् नियन्त्रण बुद्धिमत्ता की चरम सीमा है। वाणी पर संयम करने से मनुष्य का मन-मस्तिष्क पर अधिकार हो जाता है। इसपर पूर्ण अधिकार प्राप्त करने के लिए मौन का सतत अभ्यास आवश्यक है।

मूर्ख व्यक्ति ऊलजलूल बोलता है, गप्पें हांकता है, कुतर्क करता है और शब्दजाल बुनता है। वह इस बात पर इतराता है कि उसे जो कुछ कहना था, वह सब उसने कह डाला है और इस तरह उसने अपने विरोधी की बोलती बन्द कर दी। वह अपनी मूर्खताओं पर गर्व करता है, हमेशा अपने पक्ष को सच्चा सिद्ध करने का यत्न करता है ओर इस प्रकार अपनी पूरी शक्ति इन्हीं

बेकार की बातों में ही गंवा देता है। वह ऐसे माली की भांति है जो बंजर भूमि खोदता और उसमें पौधे लगाता रहता है।

बुद्धिमान व्यक्ति व्यर्थ की बकवास करने, गप्प मारने, कुतर्क करने और बेमानी बहस करने से कतराता है। वह पराजय मानकर सन्तोष का अनुभव करता है। क्योंकि इससे मन ही मन अपनी गलतियों को सुधारने का, और इस तरह अधिक बुद्धिमान होने का अवसर पा लेता है।

उत्तेजित किए जाने पर भी जो व्यक्ति शान्त रहते हैं, वे सभ्य एवं सहानुभूतिशील प्राणी हैं। विचारहीन एवं निर्दय व्यक्ति छोटी-छोटी बातों पर ही सन्तुलन खो बैठते हैं। उन पर थोड़ा-सा व्यक्तिगत आक्षेप किया जाए तो उनका मानसिक सन्तुलन बिगड़ जाता है। ईसा मसीह ने विवाद के एक शब्द का उत्तर नहीं दिया था; और महात्मा बुद्ध वाद–विवाद करने पर मौन रहते थे। इससे हमें मौन की निःसीम शक्ति तथा महानता की शान्त सत्ता का साक्षात्कार होता है।

जो व्यक्ति मौन रहता है, वह बड़ा शक्तिमान होता है। जिस प्रकार एक मैकेनिक यह जानता है कि इंजन की शक्ति को उपयोग में लाने के लिए पहले उस शक्ति को इंजन में एकत्र और नियन्त्रित करके रखना बहुत आवश्यक है, ठीक उसी प्रकार बुद्धिमान व्यक्ति भी यह जानता है कि बुद्धि का सर्वोत्तम उपयोग तभी किया जा सकता है जब कि शान्त एवं मौन रहकर उसे सुरिक्षत रखा जा सके।

मौन में सच्ची शक्ति निहित है। कहावत प्रसिद्ध है–"जो कुत्ता भौंकता है वह नहीं काटता।" बुलडाग कुत्ते का मौन प्रसिद्ध है। वह मौन बना रहता है, और काम पड़ने पर मौन में एकत्र की हुई शक्ति का उपयोग करता है। यह ठीक है कि उसका यह मौन निम्न कोटि का है, किन्तु इसके पीछे सिद्धान्त तो वही काम कर रहा है। अपने विषय में बढ़–चढ़कर बात करने वाला व्यक्ति असफल रहता है; उसका मन–मस्तिष्क अपने मुख्य लक्ष्य से विचलित हो जाता है, और उसकी शक्तियां कार्य तथा उसकी फल–प्राप्ति की इच्छा में बंट जाती हैं–कार्य करने की अपेक्षा फल पाने की चाह में उसकी अधिक प्रवृत्ति होती है। वह उस हारे हुए सेनापति की भांति है जो अपनी सेनाएं एक स्थान पर केन्द्रित करने की बजाय जगह-जगह बिखेर देता है।

वह उस लापरवाह इंजीनियर की तरह है जो अपनी मशीन के 'वेस्ट वाल्व' (व्यर्थ भाप को निकालने की टोंटी) के पेच को खुला छोड़कर कार्यकारी भाप को भी व्यर्थ जाने देता है। नम्र, शान्त और अध्यवसायी व्यक्ति सफलता प्राप्त करता है–वह घमण्ड से मुक्त होकर, अपनी प्रशंसा करने की प्रवृत्ति से बचकर, अपनी सारी शक्तियों को अपने कार्य के सफल निर्वाह की दिशा में जुटा देता है। उसका दूसरा साथी जब तक उक्त कार्य करने की अपनी योग्यताओं का बखान कर रहा होता है, वह कार्य में लग चुका है–बल्कि वह उसकी समाप्ति तक पहुंच जाता है। यह एक सर्वव्यापक एवं सार्वकालिक नियम है कि बिखरी हुई शक्तियां नियन्त्रित एवं पूंजीभूत शक्ति के अधीन काम करती हैं।

यह एक सर्वजनीन नियम है कि मौन में महान शक्ति है। एक कुशल व्यवसायी कभी अपनी योजनाओं, कार्य-प्रणाली और काम की बारीकियों के बारे में लोगों को कहता नहीं फिरता। यदि वह ऐसा करेगा तो उसका व्यवसाय पनप न सकेगा। यही बात मानसिक शक्ति जुटाने के बारे में भी कही जा सकती है। शक्तियां जितनी महान होती हैं, उनका स्वर उतना ही मन्द व गम्भीर होता है। और जो व्यक्ति अत्यन्त शक्तिसम्पन्न होता है, वह उतना ही गहिर-गंभीर होता है।

यदि आप शक्तिशाली, उपयोगी और स्वावलम्बी बनना चाहते हैं तो मौन का महत्त्व पहचानिए। अपने विषय में बखान मत कीजिए। दुनिया अच्छी तरह जानती है कि जो व्यक्ति अपने विषय में बेसिर-पैर की बातें करता रहता है वह कमज़ोर और खोखला होता है। वह डींग हांकता रहता है और कोई उसकी परवाह नहीं करता। जो कुछ आप करने जा रहे है उसके बारे में कुछ कहिए नहीं, अपितु उसे कीजिए। आपका काम अपने मुंह स्वयं बोलेगा। दूसरों के काम की आलोचना और नुकताचीनी करने में अपनी शक्ति का अपव्यय मत कीजिए; बल्कि अपने काम को अच्छी तरह पूरा करने में जुट जाइए। आप दूसरों के काम में तो मेष–मीन निकालते हैं, पर अपने काम में लापरवाही बरतते हैं। यदि दूसरे कोई काम ठीक से नहीं कर रहे हैं तो आपको चाहिए कि आप उनकी सहायता करें और स्वंय उसे ठीक करके दूसरों के लिए उदाहरण बनें। न दूसरों की निन्दा करें, न दूसरों के मुंह से

निन्दा वचन सुनकर उसे महत्त्व दें। और जब दूसरे लोग आपकी टीका-टिप्पणी करें तो आपको चाहिए कि मौन रहकर दूसरों को गुपचुप शिक्षा दें।

किन्तु सच्चा मौन केवल ज़बान बन्द रखना ही नहीं है, वह मन को शान्त रखना है। केवल ज़बान को बन्द रखा जाए, और मन अशान्त हो तो ऐसा संयम निरर्थक हो जाता है; उससे कोई लाभ नहीं होता। मौन उपादेय तभी हो सकता है। जब वह मस्तिष्क और हृदय में पूरी तरह छाया रहता है। यह मौन शान्त मन से उद्भूत होना चाहिए। मनुष्य जिस सीमा तक अपने-आपपर विजय प्राप्त करता है। उतना ही वह गहिर-गंभीर मौन को प्राप्त करता है। जब तक लालसाएं, उद्वेग, दुःख मन को क्षुब्ध करते हैं, तब तक मौन को गहराई से प्राप्त नहीं किया जा सकता। जब तक दूसरों के कटु वचनों या अवांछित कार्यों से हमारा हृदय दुःखी होता है, तब तक यही समझना चाहिए कि हम अभी कमज़ोर और अव्यवस्थित हैं। सो, अभिमान और स्वार्थ–भावना को हृदय से निकालिए ताकि ईर्ष्या का लेशमात्र भी आपके मन में न रहे और कोई भी दुर्व्यसन या दुर्गुण आपकी निर्मल शान्ति में विकार उत्पन्न न करें।

यह सोचना भारी भूल है कि जब तक उस विषय के बारे में धुआंधार बातचीत न की जाए, तब तक उस दिशा में आगे नहीं बढ़ा जा सकता। छिछले स्तर पर बातचीत करने वाला व्यक्ति मौन साधक अथवा चिन्तक को निकम्मा समझता है। वह सोचता है–मौन का अर्थ है–निष्कर्मण्य' रहना, और हड़बड़ी, उठा–पटक तथा निरन्तर बड़बड़ करने का मतलब है–'कर्मठ' होना। वह लोकप्रियता को शक्ति समझ बैठता है। किन्तु वस्तुतः चिन्तक और साधक ही सच्चा कार्यसाधक होता है।

जो व्यक्ति अपनी मानसिक शक्तियों को संचित करता है, वह अपनी शारीरिक शक्तियों को भी इकट्ठा करता है। मौनी व शान्त प्रकृति वाला व्यक्ति जल्दबाज़ व शोर मचाने वाले व्यक्ति की अपेक्षा अधिक समय तक जीवित रहता है; उसका स्वास्थ्य भी अपेक्षाकृत अच्छा रहता है। मौन में महान शक्ति निहित है।

मौन शक्तिशाली होता है, क्योंकि यह आत्मसंयम का परिणाम होता

है। मनुष्य अपने–आपपर जितना नियन्त्रण कर लेता है, वह उतना ही अधिक सफल मौनी हो सकता है। उच्चतर जीवन की प्राप्ति की दिशा में मौन एक अन्यतम साधन है। इसका उपयोग हमें बड़ी लगन के साथ करना चाहिए।

ग्यारहवां सोपान

एकान्त

एकान्त की घड़ियों में
जब मन की भावनाएं शान्त रहती हैं,
तुम अपने अन्दर बुद्धि का भण्डार भर लो!

–वर्ड्सवर्थ

मनुष्य का मुख्य अस्तित्व आन्तरिक, अलक्ष्य एवं आध्यात्मिक है। और इसीलिए यह अपना जीवन और शक्ति भीतर से ग्रहण करता है, बाहर से नहीं। बाहरी वस्तुएं तो एक प्रकार की सरणियां हैं, जिनके द्वारा मानव–अस्तित्व की शक्तियां व्यय होती हैं। किन्तु इस शक्ति को फिर से प्राप्त करने के लिए आन्तरिक मौन अर्थात् एकान्त का ही सहारा लेना होगा।

इन्सान जितना इस मौन को भौतिक सुख-लालसाओं के अन्दर डुबोना चाहता है, और भौतिक संघर्ष में रहने का यत्न करता है, उसे उतना ही अधिक कष्ट सहना पड़ता है, जो उसके लिए आगे चलकर असह्य हो उठता है, तब वह फिर हृदय को विश्राम देने वाले शान्त एकान्त की शरण में लौट आता है।

जैसे अन्न के थोथे छिलकों से शरीर को पुष्ट नहीं किया जा सकता, उसी प्रकार सारहीन लालसाएं आत्मा को स्वस्थ नहीं रख सकतीं। यदि शरीर को समय पर भोजन न दिया जाए तो वह दुर्बल हो जाता है और भूख-प्यास से व्याकुल होकर रोटी-पानी के लिए चीख पड़ता है। यही बात आत्मा पर लागू होती है। इसे भी निरन्तर एकान्त में शुद्ध और पवित्र विचारों की खुराक देना आवश्यक है, अन्यथा यह अपनी ताजगी और शक्ति खो देगी, और अन्ततः दर्द भरी मानसिक भूख से कराह उठेगी।

इन्द्रियों से आसक्ति हो तो आत्मा को पवित्र जीवन प्राप्त नहीं हो सकता; अपितु उल्टे ह्रास हो जाता है। ऐन्द्रिय लालसाएं सदा अतृप्त बनी रहती हैं; वे और, ओर अधिक भोग चाहती हैं–वे शान्त होती ही नहीं। भौतिक आनन्द, व्यक्तिगत मोह-माया एवं कोलाहलपूर्ण गतिविधियों से जो थकान व दुर्बलता उत्पन्न होती है उसकी क्षतिपूर्ति के लिए एकान्त की शरण लेनी पड़ती है। जिस प्रकार शरीर को श्रम के पश्चात् पुनः शक्ति प्राप्त करने के लिए विश्राम को आवश्यकता होती है, ठीक वैसे ही आत्मा को अपनी थकी हुई शक्तियां पुनः संचित करने के लिए एकान्त की आवश्यकता होती है। जैसे मनुष्य के शरीर के स्वास्थ्य के लिए निद्रा अनिवार्य है, वैसे ही मनुष्य के मानसिक स्वास्थ्य के लिए एकान्त अनिवार्य है। इसी प्रकार, जैसे शरीर के लिए व्यायाम उपयोगी है, वैसे ही आत्मा के लिए पवित्र विचार और उपासना, जोकि एकान्त में से पैदा होते हैं, उपयोगी हैं। और जैसे शरीर आवश्यक विश्राम और निद्रा के अभाव में टूट जाता है, वैसे ही मनुष्य की आत्मा आवश्यक शान्ति और एकान्त के अभाव में क्षीण पड़ जाती है।

एकान्त में एक ऐसा जादू है कि मनुष्य इसमें जीवन की कठिनाइयों और प्रलोभनों का सामना करने की शक्ति, उन्हें समझने और उन्हें परास्त करने का ज्ञान और उन पर अधिकार करने की बुद्धि प्राप्त करता है। जिस प्रकार भवन की नींव दिखाई नहीं देती, पर उसी की बदौलत वह टिका हुआ है, उसी प्रकार एकान्त की सहायता से मनुष्य विचारशक्ति एवं शान्ति प्राप्त करता है, जो चर्म-चक्षुओं से दिखाई नहीं देती।

एकान्त ही ऐसी स्थिति है जिसमें मनुष्य वास्तविक मनुष्य का साक्षात्कार कर पाता है, तथा वह अपनी शक्ति और सम्भावनाओं को

अर्थात् अपनी प्रकृति के सच्चे स्वरूप को जान पाता है। आत्मा की आवाज़ संसार के कोलाहल-भरे वातावरण तथा परस्पर-विरोधी लालसाओं के आक्रोश में सुनाई नहीं देती। इस तरह एकान्त के बिना आध्यात्मिक विकास सम्भव नहीं है।

दुनिया में आपको ऐसे अनेक लोग मिलेंगे जो अपना ठीक-ठीक आत्मनिरीक्षण करने से जी चुराते हैं। और अपने सच्चे स्वरूप पर दृष्टि डालने से घबराते हैं। ऐसे लोग एकान्त से डरते हैं, क्योंकि इसमें वे अपने विचारों में डूबे हुए अकेले रह जाते हैं, और उनकी मानसिक दृष्टि के सामने उनकी लालसाओं के पिशाच नाचने लगते हैं। इसलिए वे ऐसे स्थान पर जाते हैं जहां भोग-विलास का कोलाहल मचा रहता है और जिसमें सत्य की भर्त्सना करने वाली वाणी खोई रहती है। लेकिन इसके विपरीत, जो व्यक्ति सत्य से प्रेम करता, जो बुद्धि प्राप्त करना चाहता हैं तथा उसकी प्राप्ति के लिए यत्न करता है, वह एकान्त का अधिक सेवन करता है। ऐसा व्यक्ति अपने वास्तविक स्वरूप को पूरी तरह और साफ-साफ जानना चाहेगा। वह थोथे सुखों तथा कोलाहल-भरे वातावरण से दूर रहेगा; और वहां जाएगा जहां सत्य की मधुर, कोमल आवाज़ उसके अन्दर से बोल सके तथा उसे सुनाई दे सके।

लोग मित्रों की खोज में मारे-मारे फिरते हैं और नये-नये आह्लादों की फिराक में रहते हैं, किन्तु वे मानसिक शान्ति का लेशमात्र भी प्राप्त नहीं कर सकते। मन बहलाव के विविध उपायों से वे सुख को ढूंढ़ते फिरते हैं, किन्तु उन्हें सच्चा विश्राम नहीं मिलता। भांति-भांति के आमोद-प्रमोदों एवं उत्तेजनापूर्ण कृत्यों के द्वारा वे आनन्द और जीवन की तलाश में भटकते रहते हैं, किन्तु उनके आंसू नहीं थमते और वे मृत्यु से बच नहीं सकते।

भौतिक सुख की खोज में मनुष्य जीवन-सागर में बहते हुए भारी तूफान में घिर जाते हैं। तदनन्तर बहुत-से धक्के खाकर और संकट झेलकर उन्हें उस चट्टान का सहारा मिलता है जो उनके भीतर की गहन शान्ति में निहित है।

जब मनुष्य भौतिक कार्यकलाप में प्रवृत्त होता है तो वह अपनी मानसिक शक्तियों को निकाल बाहर करता है। और इस प्रकार वह आध्यात्मिक रूप से निर्बल हो जाता है। तब उसे अपनी आन्तरिक शक्तियों

को पुनः प्राप्त करने के लिए एकान्त की शरण में जाना पड़ता है। ऐसा करना अत्यन्त आवश्यक होता है। जो इसकी उपेक्षा करता है, वह जीवन के सच्चे ज्ञान को प्राप्त नहीं कर सकता। ऐसा व्यक्ति गहरी जड़ ज़माए पापों को एवं पापजनित विकारों को ठीक से समझकर, उन पर नियंत्रण नहीं कर सकता; क्योंकि वे पाप और विकास ऊपर से पाप नहीं, बल्कि पुण्य-से दिखाई देते हैं और सामान्य जन उनकी पकड़ में सहज ही आ जाते हैं-कुछ बिरले ही विवेकी जन उनसे बच पाते हैं।

जो व्यक्ति निरन्तर भौतिक उत्तेजनाओं से ग्रस्त रहता है, वह गहरी निराशा एवं अवसाद में डूबा रहता है। जहां आमोद-प्रमोद का हल्ला-गुल्ला हो, वहां हृदयशून्यता अत्यधिक एवं गहरी होती है।

जो व्यक्ति भौतिक उत्तेजनाओं से तो ग्रस्त नहीं रहता, किन्तु सांसारिक कर्तव्यों में खोया रहता है–और जो दृश्यमान जगत् से ही सम्बन्ध बनाए रखता है–जो एकान्त का सेवन करके आन्तरिक, अदृष्ट जगत् को नहीं देखता, वह ज्ञान और विवेक को प्राप्त नहीं कर सकता–उसका मन खोखला बना रहता है। वह अपनी ओर से दुनिया को कुछ नहीं दे सकता। क्योंकि उसके पास देने को कुछ है ही नहीं–उसका आध्यात्मिक कोष तो खाली होता है।

जो व्यक्ति वस्तुओं के सत्य को परखने के लिए एकान्त की शरण लेता है, जो अपनी इन्द्रियों पर नियंत्रण करके अपनी लालसाओं को शान्त करता है, वह नित्य-प्रति ज्ञान और विवेक को प्राप्त करता है। ऐसा व्यक्ति सत्य की भावना से भर उठता है। वह दुनिया को बहुत कुछ दे सकता है; क्योंकि उसका आध्यात्मिक कोष भरा-पूरा होता है–वह उस कोष को रक्षा करता है और उसमें निरन्तर भारी वृद्धि करता रहता है।

जब मनुष्य आन्तरिक शक्ति के ध्यान में लीन रहता है तो वह ज्ञान एवं शक्ति का संचय करता है। वह सत्य के प्रकाश के सम्मुख एक पुष्प की भांति विकसित होता है और जीवनदायी किरणों को आत्मसात् करता है। वह ज्ञान के निर्झर के समीप जाता है और उसके पवित्र जल से अपनी प्यास शान्त करता है। ऐसा व्यक्ति घंटे-भर की एकाग्रता के समय में उतना ज्ञान उपार्जित कर लेता है, जितना वह एक वर्ष तक पुस्तकें पढ़-पढ़कर प्राप्त नहीं कर सकता था।

साधारण और प्रतिभाशाली व्यक्ति में अन्तर यह है–एक बाहरी आकर्षणों में खोया रहता है, दूसरा आन्तरिक यथार्थ में वास करता है; एक भोग–विलास में प्रवृत्त रहता है, दूसरा ज्ञान का सेवन करता है; एक पुस्तकों पर आश्रित रहता है, दूसरा अपने आत्म पर निर्भर रहता है। पुस्तकों द्वारा अर्जित ज्ञान भी अच्छा होता है, जब इसका सच्चा स्वरूप समझ लिया जाए। किन्तु यह बुद्धि उत्पन्न नहीं कर सकता। बुद्धि का स्रोत तो जीवन ही है; और इसे यत्न, अभ्यास और अनुभव द्वारा उपलब्ध किया जा सकता है। पुस्तकें जानकारी की सूचना जुटाती हैं, किन्तु वे अपने-आप ज्ञान नहीं दे सकतीं। वे ज्ञान के लिए प्रेरित अवश्य कर सकती हैं, पर स्वयं ज्ञान–सम्पादन नहीं कर सकती–उसके लिए यत्न आपको स्वयं करना पड़ेगा; तभी आप उसे प्राप्त कर सकेंगे।

और जो व्यक्ति मात्र पुस्तकों पर निर्भर रहता है तथा अपनी आन्तरिक शक्तियों से तनिक भी वास्ता नहीं रखता, वह नकली जीवन जीता है और शीघ्र ही अपनी इस स्थिति से उकता जाता है। ऐसा व्यक्ति बुद्धिमान चाहे जितना ही क्यों न हो जाए, प्रतिभाशाली बिल्कुल नहीं हो सकता, क्योंकि शीघ्र ही उसकी जानकारी का कोष खाली होने लगता है और वह निरर्थक शब्दों व पुनरावृत्तियों का शिकार होने लगता है। उसके कार्यकलाप में जीवन की सहज मधुरता नहीं रह पाती, और वह अन्तःप्रेरणा की ताज़गी से वंचित रह जाता है। ऐसा व्यक्ति अपने–आपको जीवन की अनन्त प्रवाहमयी धारा से काट लेता है। वह जीवन को छोड़, मृत्यु को वरण करता है। जानकारी सीमित है, जबकि ज्ञान असीम है।

प्रतिभा और महानता एकान्त में पल्लवित, पुष्पित एवं पूर्ण विकसित होती है। साधारण से साधारण व्यक्ति भी यदि एकान्त में अपने लक्ष्य का ठीक-ठीक निर्धारण कर ले और अपनी शक्तियों को संचित करके उस दिशा में लगा दे तो वह अभीष्ट को सिद्ध कर लेता है और प्रतिभाशाली बन जाता है। जो व्यक्ति सांसारिक सुख-सुविधाओं का परित्याग कर देता है, जो लोकप्रियता और वाहवाही से जी चुराता है और जो मानव–मात्र के कल्याण के लिए एकान्त में विचार एवं कार्य–सम्पादन करता है, वह भविष्यद्दष्टा और सिद्ध पुरुष बन जाता है। जो व्यक्ति चुपचाप अपने हृदय को मधुर बनाता है, जो सत्य, शिव,

सुन्दर की ओर चित्तवृत्ति लगाता है, जो घंटों एकांतसेवा द्वारा सांसारिक पदार्थों के मूल तत्व को पहचानने का यत्न करता है, वह जगत् की मन्द लय में लीन हो जाता है और प्रकृति के निश्छल संगीत का स्वागत करने के लिए अपने हृदय के कपाट खोल देता है और अन्त में कवि बन जाता है।

एकान्त की बड़ी महिमा है। सेंट पाल एक कट्टर, धर्म-असहिष्णु व्यक्ति था। उसने तीन वर्ष पर्यन्त वन में एकान्तसेवन किया, जिसके परिणामस्वरूप वह धर्मात्मा और सिद्ध बन गया। सिद्धार्थ गौतम एक संसारी युवक था। वह छह वर्ष तक वन में अपनी मानसिक इच्छाओं से अकेले में संघर्ष करता रहा, और प्रकृति के गूढ़ रहस्यों का ज्ञानार्जन करता रहा। अन्त में वह शान्ति और मेधा का प्रतीक– महात्मा बुद्ध बन गया, जिसकी ओर, अमरता का सन्देश प्राप्त करने को, सारा संसार नतमस्तक होता है। लाओत्से एक साधारण मनुष्य था। ज्ञान की खोज में निकल पड़ा–एकान्त की उपासना में। उसने 'ताओ' (सर्वोच्च सत्ता) का साक्षात्कार किया और उससे वह विश्वगुरु बन गया। ईसा मसीह एक अनपढ़ बढ़ई था। पहाड़ों पर बरसों के एकान्त सेवन में, अमर प्रेम और ज्ञान की उपासना में रत रहकर वह मानवता का रक्षक बन गया।

ये महात्मा पुरुष दिव्य ज्ञान की ऊंची चोटियों पर पहुंचकर भी बहुधा एकाकी जीवन व्यतीत करते थे और बीच में अनेक बार एकान्त के लिए भीड़ से दूर चले जाते थे। आत्मिक शक्ति बनी रहे, इसके लिए एकान्त की नितान्त आवश्यकता होती है; और जो व्यक्ति– फिर चाहे वह कितना भी महान क्यों न हो– एकान्त की उपेक्षा करता है, वह अपनी स्थिति से गिरकर अपना प्रभाव खो देता है। ये महान व्यक्ति इस रहस्य को जानते थे, अतः वे एकान्त से शक्ति एवं स्फूर्ति पाकर, ईश्वर की परम इच्छा में अपनी तुच्छ इच्छा को डुबोकर उस महाप्रभु में तन्मय हो गए।

किन्तु यह कोई आश्चर्य की बात नहीं। यह प्रकृति का नियम है। यह रहस्यपूर्ण भी नहीं है। कोई भी व्यक्ति जितनी दूर तक अपने–आपको ईश्वर के साथ एकलय कर पाता है, उतनी ही दूर तक वह सृष्टि का नियामक हो सकता है। इसी विलक्षण शक्ति से प्रत्येक कवि, चित्रकार, सन्त और महात्मा का कर्म उस दिव्य शक्ति का प्रतिनिधि बन जाता है।

मनुष्य का सच्चा वासस्थान एकान्त में है। मनुष्य के अन्दर जो कुछ सत्य और स्थिर विद्यमान है, वह भी इसी के अन्दर है। इस पर भी आज के मनुष्य की प्रकृति दुमुंही है और इसलिए भौतिक क्रिया कलाप भी उसके लिए उतना ही आवश्यक है। संसार में सच्चे जीवन की गाड़ी न तो निरे एकान्तसेवन से चल सकती है और न केवल कार्य व्यस्त रहने से। इसलिए संसारी मनुष्य को चाहिए कि वह जीवन में सत्यमार्ग पर चलने के लिए एकान्त से शक्ति और बुद्धि का संचय करे। और जब मनुष्य दिन–भर के श्रम से चूर होकर शाम को थका–मांदा घर लौटे तो वह मधुर विश्राम ले सके; जिससे वह अगले दिन परिश्रम में काम करने के लिए तैयार हो सके। और जो मनुष्य अपने दैनिक जीवन में कुछ समय पवित्र एवं अर्थपूर्ण एकान्त के लिए निकालता है, वह शक्ति एवं कांति से युक्त हो जाता है।

एकान्त शक्तिशाली व्यक्तियों के लिए है, या उनके लिए है जो शक्तिशाली बनने के इच्छुक हैं। जब कोई व्यक्ति महानता की ऊंचाई पर पहुंचता है तो पहले वह एकान्त के महत्व को समझता है। वह एकान्त में अपने लक्ष्य को खोजता है, और वह जो कुछ खोजता है उसे इसमें पा लेता है। क्योंकि इसी में सब प्रकार का ज्ञान, सत्य और शक्ति निहित है। सब उपलब्धियों के लिए मार्ग सदा-सदा के लिए खुला है, लेकिन वह रास्ता नीरव, एकान्त और दीर्घ शान्ति में से होकर निकलता है।

बारहवां सोपान

आत्मनिर्भरता

सभी प्रकार से आत्मनिर्भर बनो।
अपना सम्मान करो; देखो, तुम्हारे भीतर क्या है।

–जार्ज हर्बर्ट

आनन्दमय जीवन की प्राप्ति के लिए आत्मविश्वास का होना परम आवश्यक है। यदि हम शान्ति चाहते हैं तो शक्ति आवश्यक है; सुरक्षा चाहते हैं तो स्थायित्व आवश्यक है; इसी प्रकार यदि हम स्थायी आनन्द चाहते हैं तो हमें ऐसी वस्तुओं का मोह त्यागना होगा जो किसी भी समय हमसे सदा के लिए छिन सकती है।

जब तक मनुष्य अपने अन्दर के उस स्थिर आधार को नहीं खोज लेता जिस पर वह टिका रह सके, जिसके द्वारा वह अपने जीवन को संचालित कर सके और जिससे वह सुख एवं शान्ति पा सके, तब तक वह सच्चे अर्थों में जीना आरम्भ नहीं करता। यदि वह चंचल एवं अस्थिर पदार्थों में आस्था रखेगा तो वह स्वयं भी अस्थिर अथवा डगमग हो जाएगा। यदि वह नश्वर पदार्थों

में सुख मान बैठा तो सब कुछ होते हुए भी उसे सुख से वंचित होना पड़ेगा।

मनुष्य को चाहिए कि वह आत्मनिर्भर होना सीखे। उसे सहायता या कृपा ग्रहण करने की इच्छा से, अथवा व्यक्तिगत लाभ प्राप्त करने की आशा से, दूसरों की ओर नहीं ताकना चाहिए। न तो उसे किसी से याचना करनी चाहिए, न शिकायत ही करनी चाहिए; न गिड़गिड़ाना चाहिए, और न खेद ही प्रकट करना चाहिए; बल्कि अपने भीतर के सत्य पर सन्तोष रखते हुए आत्मनिर्भर होना चाहिए।

यदि मनुष्य अपने भीतर शान्ति नहीं पा सकता तो फिर कहां पा सकता है? यदि अकेले रहने में उसे भय लगता है तो दूसरों की संगति का उसे क्या लाभ? यदि उसे अपने ही विचारों में आनन्द नहीं मिलता तो वह दूसरों की संगति में दुःख एवं कष्ट से कैसे बच सकेगा? जिस मनुष्य ने अपने भीतर से वह आधार नहीं खोजा है जिस पर वह खड़ा रह सके, वह सुख का स्थान कहीं नहीं खोज सकेगा।

बहुत–से लोगों को यह भ्रम रहता है कि वे अपने साथियों में अथवा भौतिक पदार्थों में सुख प्राप्त कर सकते हैं। और इसका परिणाम यह होता है कि उन्हें सदा निराशा, खेद, पश्चात्ताप का सामना करना पड़ता है। किन्तु जो व्यक्ति सुख के लिए दूसरों से आकांक्षा नहीं करता, भौतिक पदार्थों में आस्था नहीं रखता, अपने अन्तर के अजस्त्र स्रोत पर विश्वास करता है, वह हरेक अवस्था में प्रसन्नचित्त एवं स्वस्थ रहता है और विपत्ति व कष्ट का शिकार नहीं बनता। इसके विपरीत, जो व्यक्ति सहायता के लिए दूसरों का मुंह ताका करता है, जो अपने सुख को अपने नहीं बल्कि दूसरों के मापदण्ड से तोलता है, जो अपने मन की शान्ति के लिए दूसरों के सहयोग पर निर्भर है–ऐसे व्यक्ति में मानसिक स्थिरता महीं होती। उसका मन–मस्तिष्क सामयिक परिवर्तनों के साथ-साथ कभी इधर तो कभी उधर भटकता रहता है। इस प्रकार का व्यक्ति आध्यात्मिक रूप से पंगु हो जाता है।

जैसे एक शिशु जब चलना सीखता है तो बिना सहारे, अपने ही बल पर एक स्थान तक जाता है, वैसे ही मनुष्य को चाहिए कि वह अकेले ही खड़ा रहना सीखे। परिस्थिति का जायज़ा लेना सीखे–अर्थात् जिस मार्ग पर उसे चलना है, अपनी मानसिक शक्ति के भरोसे उसका

चुनाव करना सीखे।

मनुष्य के बाहर जहां परिवर्तन, विनाश एवं असुरक्षा की भावना है, वहां उसके भीतर सब प्रकार कर सुरक्षा एवं आनन्द विद्यमान है। आत्मा आत्मनिर्भर है–वह परमुखापेक्षी नहीं है; और जहां आवश्यकता होती है वहां उसकी पूर्ति के बहुत–से साधन जुटाए जा सकते हैं।

आपके चरित्र का स्थायी स्वरूप तो आपकी आत्मा में विद्यमान है। अपने वास्तविक स्वरूप को पहचानिए। वहां आप राजा हैं और दूसरी जगह दास। इस बात का विचार मत कीजिए कि दूसरों ने अपने मन पर नियंत्रण रखा हुआ है या नहीं। आपको चाहिए कि आप अपने मन-रूपी रथ की रस्सियों को दृढ़ता से थामे रहें। आपका और आपकी पूरी दुनिया का हित आपके हृदय में है। आपके पास अन्तःकरण है। उसके अनुकूल आचरण कीजिए। आपके पास बुद्धि है, उसे स्वच्छ रखिए। आपक पास विवेक है, उसका उपयोग कीजिए और उसे बढ़ाइए। आपके पास इच्छाशक्ति है, उसका उपयोग कीजिए और उसे बढ़ाइये। आपके पास इच्छाशक्ति है, उसे समृद्ध कीजिए। आपके पास ज्ञान है, उसका वर्णन कीजिए। आपकी आत्मा में प्रकाश है, उसे पहचानिए और लालसाओं के तूफान से उसकी रक्षा कीजिए। उस चिर ज्योति को और स्थायी कीजिए। दुनिया की ओर देखना छोड़कर अपनी आत्मा की और केन्द्रित कीजिए। मनुष्य की तरह सोचिए; मनुष्य की तरह कर्म कीजिए; और मनुष्य की तरह रहिए। अपने-आपमें उदार और पूर्ण बनिए। अपने लक्ष्य–बिन्दु को खोजिए और उसके अनुकूल अपने-आपको ढालिए। पृथ्वी सूर्य के निर्देश मानिए, चाहे दूसरे उसको अन्धकार ही कहें। आप स्वयं के लिए उत्तरदायी हैं, अपने निरीक्षक आप हैं, अतः अपने ऊपर विश्वास कीजिए। यदि आप अपना विश्वास खो बैठे तो आप पर कौन विश्वास करेगा? आप अपने प्रति सच्चे नहीं हैं तो आप सत्यता का सुखद सन्तोष कैसे प्राप्त कर पाएंगे।

महान व्यक्ति अपने सरल एवं स्वतंत्र व्यक्तित्व के साथ अकेला खड़ा रहता है। वह निर्भीक होकर अपने रास्ते पर चलता है। वह दूसरों का मुंह नहीं ताकता। जैसे, घूमते-फिरते समय हमारे कपड़ों पर धूल चढ़ जाती है और हम उसे झाड़–पोंछकर अलग कर देते हैं, उसी प्रकार वह अपनी निंदा

और प्रशंसा दोनों को ही झाड़कर उनसे बिलकुल अप्रभावित बना रहता है। वह लोगों की राय ले–लेकर अपना मार्ग नहीं अपनाता, अपितु वह अपनी बुद्धि के प्रकाश में आगे बढ़ता है। इसके विपरीत, सामान्य व्यक्ति चापलूसी और अन्धानुकरण के वश में अपने मानवीय गुणों को तिलांजलि दे बैठते हैं।

जब तक आप देवी-देवताओं तथा दूसरे मनुष्यों की कृपा–याचना के मिथ्या विश्वास से पिंड छुड़ाकर, अपनी दिव्य मानसिक शक्ति के बलबूते पर खड़े नहीं हो जाते, तब तक आप बन्धनरहित, स्वतंत्र तथा पूर्ण सुख उपलब्ध नहीं कर सकते। किन्तु, कहीं गलती से घमण्ड को ही आत्मनिर्भरता न समझ लीजिए। क्योंकि घमण्ड या अभिमान की भुरभुरी अथवा कच्ची नींव पर खड़े रहेंगे तो गिरेंगे ही। अभिमानी व्यक्ति ही दूसरों पर अधिक निर्भर रहता है। अपनी प्रशंसा को वह बड़े चाव से सुनता है और निन्दा सुनकर अपना आपा खो देता है। वह झूठी खुशामद चाहने लगता है; उसकी गलती यही होती है कि वह चापलूसी करने में कोई बुराई नहीं देखता। वह दूसरों के विचारों पर बहुत ही जल्दी नाराज़ भी हो उठता है और खुश भी हो जाता है। इस प्रकार, उसका सुख दूसरों के हाथों में रहता है। इसके विपरीत, आत्मनिर्भर व्यक्ति आत्माभिमान पर नहीं, बल्कि आन्तरिक शक्ति पर अवस्थित होता है। मानसिक व्याकुलता उसे विचलित नहीं करती; स्तुति या निंदा का उस पर कोई प्रभाव नहीं पड़ता। और यदि दुर्भाग्य से कभी वह संतुलन खो भी बैठता है तो वह तुरन्त संभल जाता है और फिर अपनी पूर्वस्थिति को प्राप्त कर लेता है। उसका सुख अपने हाथ में होता है।

अपनी संतुलन की धुरी का पता लगाइए और अकेला खड़ा होने में सफलता प्राप्त कीजिए। इससे आप अपने जीवन में जिस काम को हाथ लगाएंगे, वही सिद्ध हो जाएगा; जिस बात को आप एकाग्र मन से सोचेंगे उसी में पार पा जाएंगे। क्योंकि सच्चा आत्मनिर्भर अथवा स्वावलम्बी मनुष्य अजेय होता है–उसके मार्ग की कोई बाधा बाधा नहीं रहती। यह ठीक है कि आप दूसरों पर निर्भर न रहिए, किन्तु इसका यह अर्थ नहीं है कि आप उनसे मुंह मोड़ लें। उनसे सीखिए। ज्ञान-प्राप्ति में कभी मत चूकिए; और जो कुछ अच्छा और उपादेय है उसे ग्रहण करने में सदा सर्वदा तत्पर रहिए। नम्रता जितनी अधिक हो, उतना ही अच्छा है। सबसे बड़े आत्मनिर्भर व्यक्ति

सर्वाधिक विनम्र होते हैं। किसी सन्त-महात्मा की आत्मप्रतिष्ठा के समान किसी भी राजा-महाराजा अथवा किसी भी धनी-मानी की प्रतिष्ठा नहीं हो सकती। सन्त पुरुष इतना विनम्र अथवा विनयशील क्यों होता है? उसे इस बात का ज्ञान होता है कि उसके भीतर ईश्वर का जो महान आलोक है उसके कारण वह नम्र हो सकता है।

आप सबसे गुण ग्रहण कीजिए, विशेषतया सत्य के अन्वेषी महान व्यक्तियों से प्रेरणा लीजिए। किन्तु इस तथ्य को कभी दृष्टि से ओझल मत होने दीजिए कि उक्त गुणों को ग्रहण करने न करने की शक्ति आपके अन्दर ही निहित है। सत्य का साधक यह तो कह सकता है–"यह मार्ग है", किन्तु वह आपको उस पर चलने या न चलने के लिए बाध्य नहीं कर सकता। प्रयास आपको स्वयं करना होगा, शक्ति आपको अपने-आप बटोरनी होगी, भरोसा आपको अपने, केवल अपने, ऊपर रखकर उसके बताए आचरण को अपने आचरण के रूप में परिवर्तित करना होगा। इसके लिए आपको अपने ऊपर पूरी तरह विश्वास होना अत्यन्त आवश्यक है।

स्वयं को 'मनुष्य' के स्तर तक उठाना
अपने भीतर महान आत्मशक्ति को जगाना
और प्रकाशयुक्त जीवन बिताना,
यही है– हां, यही है ईश्वरीय शक्ति!

आपको अपना स्वामी बनना है: अपने-आपका अधिपति। किन्तु यह तभी सम्भव है जब आप अपने-आपको दुनिया का एक प्रमुख एवं आवश्यक व्यक्ति मानते हुए कर्मरत हों; दूसरों से प्रेम और सहानुभूति करें, किन्तु उसके प्रतिदान की इच्छा न रखें; औरों की सहायता करें, पर उनकी सहायता पर स्वयं निर्भर न रहें; यदि लोग आपके कार्य की निन्दा करें तो आप उसकी चिन्ता न करें, इतना काफी है कि आपका कार्य सत्य से पूर्ण होना चाहिए और उसकी पूर्णता पर आपको विश्वास होना चाहिए। यह मत पूछिए कि "मेरा कार्य दूसरों को पसन्द आएगा कि नहीं?" बल्कि यह कहिए: "मेरा कार्य उचित है या नहीं।" यदि आपका कार्य सच्चा है तो लोगों की आलोचना उसे प्रभावित नहीं कर सकेगी। यदि वह ठीक नहीं है तो दूसरों की नापसन्दगी से पूर्व ही वह नष्ट हो जाएगा। सत्य वचन और सत्य आचरण तब तक नष्ट

नहीं हो सकते जब तक कार्य पूर्ण न हो जाए। इसके विपरीत, असत्य वचन और असत्य आचरण टिक नहीं सकते; क्योंकि उनमें किया जाने के लिए कुछ शेष नहीं रहता। आलोचना और आक्रोश दोनों ही निरर्थक हैं।

अपने-आप स्वीकार की गई पराधीनता के जुए को उतार फेंकिए और अकेला चलिए। इस प्रकार आप यत्न से उपार्जित स्वाधीनता, आत्मसंयम से प्राप्त शान्ति तथा नैसर्गिक शक्ति से आनन्द प्राप्त कीजिए।

तेरहवां सोपान

जीवनदायी सिद्धांत

यदि तुम सत्य के सिद्धान्त और उसकी उत्पत्ति का
सूक्ष्मता से निरीक्षण करोगे,
तो तुम पाओगे कि वह तो हमारे अन्दर से ही
निकला और विकसित हुआ है।

–ब्राउनिंग

जिन सोपानों का पीछे जिक्र किया जा चुका है, उन पर चढ़ते हुए मनुष्य जीवन के राजमार्ग पर पहुंच सकता है, जहां सब प्रकार की थकान मिटती अनुभव होगी, स्वतंत्रता की सुखद अनुभूति होगी तथा उसके चारों ओर स्थायी शान्ति घिर आएगी। अब हम जिस सोपान की ओर बढ़ रहे हैं वह सबसे महत्वपूर्ण है। वह है जीवनदायी सिद्धान्तों को समझना। जो इन्हें समझ लेता है उसकी सारी दुर्बलता और लालसा, सन्देह और व्याकुलता, दुःख और किंकर्तव्यविमूढ़ता धुल-पुंछ जाती है और वह पूर्ण रूप से सन्तोष, प्रकाश, ज्ञान एवं आनन्द में वास करता है।

मनुष्य जब ठीक से जीवन व्यतीत करता है, तो उसका जीवन सादगी

और सुन्दरता से भर उठता है, लेकिन जब उसका जीवन प्रलोभनों, लालसाओं और अभावों से भर जाता है तो समझिए कि मनुष्य ठीक तरह से जी नहीं रहा है। लालसाएं जितनी कम होती जाती हैं, बुद्धि और उद्भव उसी अनुपात में अधिक होता जाता है। और जब इच्छाओं पर पूरी तरह से नियन्त्रण प्राप्त कर लिया जाता है तो बुद्धिमत्ता पराकाष्ठा पर पहुंच जाती है। इसका कारण यह है कि जीवन प्रकृति के अटल नियम से बंधा है। क्योंकि जीवन को अटल नियम से पृथक नहीं किया जा सकता, अत: जो कुछ उसे नैसर्गिक रूप से प्राप्त नहीं है, उसकी उसे आवश्यकता भी नहीं है। हां तो, लालसा या तृष्णा जीवन की आवश्यकताएं नहीं हैं, बल्कि वे मूर्खतापूर्ण एवं व्यर्थ की चीजें हैं तथा वंचना एवं दुख की मूल है।

इसी संदर्भ में बाइबिल में एक दृष्टान्तकथा है। एक कुपूत घर छोड़कर भाग जाता है। उसके पिता के घर में सब प्रकार की सुविधाएं बहुलता से प्राप्त थीं। लालसा की आवश्यकता न थी, क्योंकि सब कुछ उपलब्ध था; किन्तु जब उसके हृदय में लालसा का प्रवेश हुआ तो वह 'दूर-देश में चला गया और अभावों से ग्रस्त रहने लगा'। और जब भूखों मरने की नौबत आई, तब उसे पिता के घर लौटने की प्रेरणा हुई। इस कथा का निष्कर्ष यह है कि मनुष्य लालसा की दलदल में इतनी बुरी तरह फंस जाता है कि वह सतत बेचैनी, असन्तोष, अभाव और पीड़ा से ग्रस्त हो जाता है। इसका एकमात्र उपचार है पितृगृह को लौटाना–अर्थात् लालसा का परित्याग करके यथार्थ जीवन को प्राप्त करना। किन्तु वह मनुष्य इस स्थिति को तब तक प्राप्त नहीं कर सकता, जब तक वह आध्यात्मिक दृष्टि से नाकारा नहीं हो जाता। पहले लालसा के फल-रूप पीड़ा और दुःख भोगने के बाद शान्ति और आध्यात्मिक समृद्धि का जीवन पाने की जिज्ञासा उत्पन्न होती है। तब वह भौतिक इच्छाओं से मुंह मोड़कर बड़ी लगन और परिश्रम से यात्रा करके अपने घर की दिशा में लौट पड़ता है–वह बहुमूल्य जीवन की ओर अग्रसर होता है, जिसमें लालसा की जकड़, ज्वर, भूख से मुक्ति मिलती है।

जब मनुष्य स्वार्थपूर्ण लालसा से छुटकारा पा लेता है तो उसका हृदय निर्मल हो जाता है और तब वह मानवता के लिए कार्य करने को स्वतंत्र हो जाता है ऐसी अवस्था में वह भोगों के, जो कभी तृप्त नहीं होते, पीछे नहीं

दौड़ता; और सभी शक्तियां उसकी आज्ञा में करबद्ध रहती है। क्योंकि उसे फल की आकांक्षा नहीं रहती, इसलिए वह अपनी समस्त शक्ति को अपने कर्तव्यों की परिपूर्णता में लगा देता है और इस प्रकार वह सभी बातों का निर्वाह ठीक-ठाक कर पाता है।

एक प्रबुद्ध व्यक्ति से परिचालित होकर कर्म में प्रवृत्त नहीं होता, बल्कि ज्ञान से प्रेरित होकर कर्म में जुटता है। लालसाओं से भरा व्यक्ति कोई कार्य तभी करता है जबकि उसे उसका पुरस्कार मिलने की आशा होती है। जैसे बालक खिलौना मिलने के वायदे पर कोई काम करता है, ठीक वैसा ही रवैया उसके काम करने का होता है। परन्तु ज्ञानवान व्यक्ति, जो समर्थ एवं पूर्ण जीवन व्यतीत करता है, जब चाहता है किसी भी उपयोगी काम को पूरा करने के लिए अपनी शक्तियों को जुटा सकता है। वह मानसिक रूप से परिपक्व व्यक्ति है। वह फल की परवाह नहीं करता। उसके लिए सभी परिस्थितियां अनुकूल हैं, और वह सदैव सन्तुष्ट रहता है। ऐसा व्यक्ति सुखमय जीवन को प्राप्त करता है, और उसका सुख शाश्वत एवं अटल नियमों के अनुकूल रहता है।

किन्तु परम आनन्द का जीवन एक महान लक्ष्य है। जो इसे प्राप्त करने का इच्छुक है, उसे इस मंजिल की यात्रा बड़े यत्न और अध्यवसाय से करनी होगी। उसे अपनी पाशव वृत्तियों के प्रदेश में गुज़रना होगा; उन वृत्तियों की दलदल से बचते हुए, उन्हें उपशमित करते हुए, उन पर नियंत्रण करते हुए बढ़ना होगा। उसे बाहरी शत्रुओं से नहीं बल्कि अपने भीतर से जन्मे शत्रुओं से संघर्ष करना होगा। पहले-पहल तो मार्ग कठिन दिखाई देगा, क्योंकि लालसा के कांटों से आकीर्ण होने से जीवनदायी साधारण नियमों को वह समझ नहीं सकेगा; इस प्रकार वे उससे छिपे रहेंगे। किन्तु ज्यों ही उसका मन सहज हो जाएगा, जीवन के सरल नियम उसकी समझ में आते जाएंगे और वह उनका पालन करता जाएगा; तब मार्ग सीधा और सरल हो जाएगा। फिर तो अनिश्चितता और अन्धकार लुप्त हो जाते हैं और उसे ज्ञान के आलोक में सब कुछ दिखाई देने लगता है।

नीचे कुछ साधारण नियम दिए जा रहे हैं, जो कि गणित के नियमों की तरह अकाट्य हैं। इनकी सहायता से मनुष्य को सच्चे और आनन्दमय जीवन

की प्राप्ति और भी शीघ्र हो सकती है।

जीवन मूलतः एक है, यद्यपि वह भिन्न रूपों में प्रकट होता है। नियम मूलतः एक है, यद्यपि यह विविध रूपों में उपयोग में आता है। स्थूल और सूक्ष्म पदार्थों के लिए अलग-अलग नियम नहीं हैं–जो नियम भौतिक पदार्थों के विषय में हैं, वही आध्यात्मिक के विषय में है। एक ही नियम सर्वत्र लागू होता है।

भौतिक व्यवहार में यह एक नियम है कि मनुष्य आत्मनिर्भर बने–वह अपनी जीविका अपने-आप अर्जित करे। और यह कि जो काम नहीं करेगा, वह खाएगा भी नहीं। लोग इस नियम के औचित्य और अच्छाई को समझते हुए इसे स्वीकार करते हैं, और इससे प्रेरणा लेकर आवश्यक भौतिक सामग्री का उपार्जन करते हैं। लेकिन आध्यात्मिक वस्तुओं में मोटे रूप में वे इस नियम का प्रयोग नहीं करते। वे यह तो सोचते हैं कि मनुष्य को अपने शरीर के लिए भोजन की नितान्त आवश्यकता है; और वे यह भी मानते हैं कि जो इस नियम को नहीं अपनाता, उसे दर-दर की भीख खानी पड़ती है। लेकिन वे भूल से इसे व्यावहारिक समझ लेते हैं कि मनुष्य सब प्रकार की आत्मिक उपलब्धियां, उनका पात्र हुए बिना अथवा उनको पाने का यत्न किए बिना, प्राप्त कर ले। परिणाम यह होता है कि बहुत–से मनुष्य आध्यात्मिक वस्तुओं के लिए भिखारी बने रहते हैं। अर्थात् वे मानसिक शक्ति, आनन्द, ज्ञान और शान्ति के अभाव में दुःख और कष्ट सहन करते हैं।

यदि आपको किसी भौतिक पदार्थ की आवश्यकता है–जैसे भोजन, वस्त्र, फर्नीचर या अन्य वस्तुएं, तो आप किसी स्टोरकीपर से योंही नहीं मांग लेते। आप उसका मूल्य पूछते हैं और फिर उसे चुकाते हैं। तब कहीं जाकर वह चीज़ आपकी होती है। जितने मूल्य की चीज़ आपको लेनी है, उसी के अनुपात में मूल्य चुकाकर आप चीज को अपनाते हैं, वैसे नहीं। ठीक यही नियम आध्यात्मिक पदार्थों में भी लागू होता है। यदि आपको किसी आत्मिक वस्तु की आवश्यकता है, जैसे आनन्द, विश्वास, शान्ति या इस तरह की कोई अन्य वस्तु आप प्राप्त करना चाहते हैं तो आप उसके समतुल्य अन्य कोई चीज़ देकर ही उसे पूरी तरह प्राप्त कर सकते हैं। आपको उसका मूल्य आवश्यक रूप से चुकाना होगा। जैसे आप किसी भौतिक पदार्थ को प्राप्त

करने के लिए बदले में रुपया आदि देते हैं, इसी प्रकार आपको किसी आध्यात्मिक वस्तु की प्राप्ति के लिए कोई सूक्ष्म वस्तु मूल्य के रूप में चुकानी होगी। आपको लालसा, लालच, अहंकार या विलासिता को किसी हद तक बदले में छोड़ना होगा, तभी जाकर आपको उतनी मात्रा में आध्यात्मिक वस्तु की प्राप्ति होगी।

कंजूस अपने धन से चिपटा रहता है। वह उसे किसी को नहीं दे सकता, क्योंकि अपने धन को संभालने में उसे जितना सुख मिलता है, उतना किसी वस्तु को प्राप्त करने में नहीं मिलता। फलत: अपार धन सम्पदा होने पर भी वह निरन्तर अभाव और कष्ट का जीवन व्यतीत करता है। वह व्यक्ति जो अपनी लालसाओं का परित्याग नहीं करता, जो क्रोध, निष्ठुरता, विलासिता, अभिमान, आडम्बर, आत्मरति आदि क्षणिक आवेगों को आनन्द के लिए नहीं छोड़ता, वह आध्यात्मिक कृपण है–वह कोई आत्मिक सुख प्राप्त नहीं कर सकता। भले ही, उसके पास सांसारिक सुख–सुविधाएं विद्यमान होती हैं और वह उससे चिपटा रहता है, इस पर भी वह सतत आध्यात्मिक अभाव और दिवालियेपन से ग्रस्त रहता है।

जो मनुष्य सांसारिक विषयों से कुशल होता है, न तो वह मांगता है, न चोरी करता है, बल्कि श्रम करके अपनी आवश्यकता की वस्तुएं खरीदता है। उसके इस गुण के लिए दुनिया उसका सम्मान करती है। इसी प्रकार जो व्यक्ति आध्यात्मिक विषयों में बुद्धिमान होता है, वह भी न मांगता है न चुराता है, बल्कि अपनी भीतरी दुनिया में श्रम करके अपनी आध्यात्मिक उपलब्धियां प्राप्त करता है। उसकी सात्विकता के लिए सारा संसार उसका आदर करता है।

एक दूसरा सांसारिक नियम है, जिसकी हम चर्चा करेंगे। वह यह है कि एक व्यक्ति जब किसी की नौकरी करता है तो उसका जो वेतन निर्धारित होता है उसे उसी में संतुष्ट रहना होगा। यदि वह सप्ताह–भर का, या महीने–भर का वेतन पा चुकने पर अपने मालिक से यह कहे कि,'यद्यपि मेरा वेतन आप पर नहीं निकलता और न ही मैं अधिक का हक़दार हूं, तो भी मैं चाहता हूं कि आप मुझे और पैसे दें'– तो आप जानते हैं कि परिणाम क्या होगा–उसे अतिरिक्त पैसा तो नहीं मिलेगा, इसमें भी सन्देह नहीं कि उसे

अपने पद से हटा दिया जाएगा। यही नियम आध्यात्मिक क्षेत्र में भी लागू होता है। परन्तु इस क्षेत्र में लोग जितना श्रम करते हैं और जितना प्राप्त करने के अधिकारी हैं उससे कहीं ज़्यादा आत्मिक सुख पाने को उत्सुक बने रहते हैं और फिर भी अपने-आपको नासमझ और स्वार्थी नहीं समझते।

यदि किसी मनुष्य के पास रुपया–पैसा हो जाए तो उसे मितव्ययिता का अभ्यास करके उसका उपार्जन करना चाहिए। ऐसा करने से उसके पास इतना धन इकट्ठा हो जाएगा, जिसे वह आगे चलकर किसी उद्योग-धन्धे में लगा सकता है। जब ऐसी स्थिति आ जाए तब उसे न तो पैसे के मामले में ज़्यादा कृपण होना चाहिए, न ही ज़्यादा फजूलखर्च ही। वैसा करने से उसमें सांसारिक बुद्धि व भौतिक समृद्धि दोनों बढ़ने लगती हैं। इसके विपरीत, मात्र खरचीला आदमी कभी धनवान नहीं बन सकता। वह अपव्ययी व शैतान किस्म का प्राणी होता है। इसी प्रकार जो मानसिक जगत् में समृद्ध होना चाहता है, उसे अपनी शक्तियों के प्रयोग में मितव्ययी होना चाहिए और अपनी मानसिक समृद्धि पर नियन्त्रण रखना चाहिए। उसे अपनी वाणी और मानसिक आवेगों पर संयम रखना चाहिए। उसे बेकार की गपशप में, बहसबाज़ी में अपनी शक्ति नहीं गंवानी चाहिए। ऐसा करने पर उसके पास थोड़ा–सा बुद्धि–संचय हो जाएगा, जोकि उसकी आध्यात्मिक सम्पत्ति होगी। उसका वह दूसरों के हितार्थ प्रयोग करेगा, और जितना वह प्रयोग करेगा उतनी ही उसमें वृद्धि होगी। ऐसा करते-करते मनुष्य में दिव्य शक्ति संचित होती जाएगी। इसके विपरीत, जो मनुष्य मनोवेगों और लालसाओं का अन्धानुकरण करता है और अपने मन पर नियन्त्रण नहीं रखता, वह आध्यात्मिक सम्पत्ति का अपव्यय करता है। वह दिव्य सम्पत्ति से युक्त नहीं हो सकता।

यदि हमें किसी पहाड़ की चोटी पर पहुंचना होता है, तो उसके लिए हमें उसकी चोटी पर चढ़ना पड़ता है। पहले हमें मार्ग ढूंढ़ना होगा, और तब उसपर आगे बढ़ना पड़ेगा। पर्वतारोही, या पहाड़ पर चढ़ने वाले को श्रम और कठिनाइयों से घबराकर और शारीरिक थकान को महसूस कर अपने प्रयत्न से विमुख नहीं होना चाहिए, अन्यथा आप जानते हैं क्या होगा? वह अपने ध्येय तक कभी नहीं पहुंच सकेगा। और मानसिक धरातल पर भी यह बात पूरी उतरती है। जो व्यक्ति नैतिक और आध्यात्मिक जीवन के उच्च शिखर

पर पहुंचना चाहता है, उसे उस तक अपने प्रयत्नों से ही बढ़ना होगा। पहले उसे मार्ग निर्धारित करना होगा और तब उसपर बेझिझक, बिना मुंह मोड़े, दृढ़ता से बढ़ना होगा। उसे कठिनाइयों पर विजय पानी होगी, सामयिक विपत्तियों का सामना करना होगा, मानसिक प्रलोभनों को दबाना होगा। तब कहीं जाकर वह मानसिक पूर्णता की उच्चावस्था को पहुंच पाएगा। उस समय लोभ, लालसा, दुःख एवं कष्ट का संसार उसके पांवों के नीचे रह जाएगा और स्वर्गीय पवित्रता का विस्तृत, मौन एवं असीम नभमण्डल उसके सिर के ऊपर व्याप्त हो जाएगा।

यदि किसी व्यक्ति को दूर किसी नगर में या स्थान में पहुंचना है तो उसे उस ओर यात्रा करनी पड़ेगी। ऐसा कोई उपाय नहीं है जिससे वह उस स्थान की यात्रा किए बिना वहां पहुंच जाए। उस यात्रा के लिए जो आवश्यक साधन या प्रयत्न हैं उनके द्वारा ही वह वहां पहुंच सकता है। यदि यह पैदल यात्रा करता है तो उसे शारीरिक श्रम अधिक करना पड़ता है, उससे उसका पैसा बिलकुल खर्च नहीं होगा। यदि वह वहां पहुंचने के लिए मोटरगाड़ी या रेलगाड़ी मे यात्रा करता है तो उसे शारीरिक श्रम बहुत कम करना पड़ता है, लेकिन उसे धन चुकाना पड़ता है, जिसे पैदा करने के लिए उसे मेहनत करनी पड़ी है। तो, कहीं पहुंचने के लिए श्रम करना पड़ता है। श्रम से आप बच नहीं सकते। यह अटल नियम है। यही नियम मानसिक जगत् पर भी ठीक उतरता है। यदि किसी व्यक्ति को आध्यात्मिक उच्चावस्था–उदाहरण रूप में, पवित्रता, करुणा, विवेक अथवा शान्ति–तक पहुंचना है तो उसे चाहिए कि इस दिशा में प्रस्थान करे और वहां तक पहुंचने के लिए प्रयत्न करे। ऐसी कोई विधि नहीं है जिससे कोई व्यक्ति इन रम्य आध्यात्मिक अवस्थाओं तक अनायास ही पहुंच जाए। उसे पहले कोई सीधा–सच्चा मार्ग तलाशना होगा। फिर उसके लिए आवश्यक श्रम करना होगा, और तब कहीं जाकर वह अपनी यात्रा के अन्तिम लक्ष्य तक पहुंच सकेगा।

ये हैं कुछ नियम–जोकि सृष्टि के प्रकट रूपों में से कुछेक हैं। इन्हें समझना, अपने जीवन में उतारना और इनका सतत पालन करना परम आवश्यक है। इनसे मनुष्य मानवता, आध्यात्मिक पूर्णता एवं सर्वोच्च स्थिति तक पहुंच पाता है।

जीवन एक स्पष्ट एवं सपाट न्याय है, जिसमें किसी तरह के संशोधन के लिए कोई गुंजाइश नहीं है। इसका प्रयोग अत्यन्त सीधा–सच्चा है। यह प्रकृति के अटल नियम द्वारा शासित होता है–और उक्त नियम की आत्मा है प्रेम। पक्षपात अथवा मनमानी प्रकृति के नियम–विधान और प्रेम दोनों के विरुद्ध हैं। सृष्टि किसीसे पक्षपात नहीं करती। यह सबके लिए एक समान न्यायशील है। जो जैसा कर्म करता है उसे उसीके अनुरूप फल मिलता है। जगत् का सब कुछ अच्छा है। क्योंकि वह सब नियम–विधान के अनुरूप है और चूंकि सभी कुछ उस नियम–विधान के अनुकूल है, इसलिए मनुष्य अपने जीवन में उचित मार्ग अथवा अभीष्ट सफलता प्राप्त कर सकता है, तथा सफलता पाकर आह्लाद और चिर आनन्द पा सकता है।

जो मनुष्य अपने जीवन को आडम्बरों से रहित करके और हृदय को पवित्र करके प्रकृति के अटल सिद्धांत की भव्य सरलता को समझने लगता है, वही सभी पदार्थों की नियमबद्ध गति को पहचानता है। ऐसा व्यक्ति अपने विचारों एवं कार्यों से उत्पन्न परिणामों को जानता है और यह भी समझता है कि उनका स्वयं उसपर तथा दूसरों पर क्या प्रभाव पड़ेगा। तब वह उसी प्रकार के विचारों को अपने हृदय में स्थान देगा और उसी तरह के कार्यों में हाथ डालेगा जिनको आरम्भ करने से आह्लाद होता है, जिनके फलित होने पर उल्लास की वृद्धि होती है और जिनके पूर्णरूप ग्रहण करने पर विपुल आनन्द की प्राप्ति होती है। अज्ञानता की स्थिति में उससे जो-जो गलतियां अथवा भूलें हुई थीं, उनके उचित परिणामों को वह बड़ी विनम्रता से ग्रहण करता है। ऐसा करते हुए न तो उसके चेहरे पर असन्तोष की या भय की रेखाएं उभरती हैं और न ही वह उन भूलों पर अपनी सफाई पेश करने का यत्न करता है। वह तो सृष्टि के अटल नियम के ज्ञान और उसके अनुकूल अपने आचरण को ढालने का यत्न करता है। इस प्रकार वह विनयशील रहकर अलौकिक आनन्द की अवस्था में जा पहुंचता है।

चौदहवां सोपान

सुखद समाप्ति

जब सौभाग्य से, तुम्हारे कार्य समाप्त हो जाएंगे
तो तुम्हारे दोष भी
परम सत्य में मिलकर गुण हो जाएंगे;
और तुम्हारे सभी व्रत
परम ज्योति के व्रतों से संयुक्त हो जाएंगे।

–व्हाइटर

जीवन में अनेक अवसर ऐसे आते हें जब मनुष्य कार्य–समाप्ति की सुखद स्मृतियों से भर उठता है, क्योंकि जीवन है ही श्रेष्ठ, पवित्र और सुन्दर। यद्यपि संसार में पाप और अज्ञान की अधिकता है, और यह भी ठीक है कि इस दुनिया में दुःख व वेदना भरी पड़ी है, इसके बावजूद भी इसमें पवित्रता, ज्ञान, हर्ष और उल्लास भी कम नहीं है। किसी भी पवित्र विचार और स्वार्थहीन कार्य का परिणाम सुखद ही होता है, और ऐसा प्रत्येक परिणाम एक सुखद समाप्ति ही कहलाएगा।

यदि आपके घर का वातावरण शान्तिपूर्ण है तो वह आपकी सुखद सफलता कही जाएगी। यदि आप अपने जीवन में सफल हैं तो यह भी आपकी सफलता मानी जाएगी। यदि आप कोई काम ईमानदारी से करते हैं तो यह आपके लिए सुखद होगा; यदि आप स्नेही मित्रों से घिरे रहते हैं तो यह भी आपकी सफलता का परिचायक होगा। जब आपके जीवन में कलह–कुण्ठा का अन्त हो जाए, जब अपने कहे कठोर शब्दों के लिए क्षमा मांग ली जाए और दूसरों को क्षमा कर दिया जाए और मित्र फिर मित्र बन जाएं–तो इस सबको सुखद अन्त ही कहा जाएगा। जिस व्यक्ति ने दीर्घ और जटिल बाधाओं को लांघा हो, जिसने आंख के आंसुओं को मुस्कान में परिवर्तित किया हो, जिसने पाप रूपी अन्धकार की रात्रि से निकलकर सूर्य के प्रकाश में आंखें खोली हों, जिसने निरन्तर अध्यवसाय और लगन से जीवन के स्वर्गीय पथ की खोज कर ली हो–वह वास्तव में सुखमय जीवन का अधिकारी है। वस्तुतः यही सब सुखद अन्त कहे जाते हैं–यही जीवन के चरितार्थ होने के परिचायक हैं।

सफलता के जिन सोपानों का मैंने इस पुस्तक में उल्लेख किया है, जो व्यक्ति उनका मनन करेगा, खोजेगा, उनमें बताए गए साधनों को अपनाएगा वह बिना ढूंढ़े ही, आंख मींचकर सुखद लक्ष्य को प्राप्त कर लेगा। जो सत्य से आरम्भ करता है और उस सत्य को जारी रखता है, उसे सुखदायी परिणामों को पाने की इच्छा और उनकी खोज-बीन करने की आवश्यकता नहीं है। वे तो परिणामों के रूप में स्वयं ही उपस्थित हो जाते हैं। वस्तुतः वे जीवन की ठोस यथार्थताएं हैं।

कुछ सुखद अन्त भौतिक होते हैं, कुछ आध्यात्मिक। भौतिक सफलताएं क्षणिक एवं क्षणभंगुर होती हैं, जबकि आध्यात्मिक चिरस्थायी और अमर होती हैं। मित्रता, भौतिक सुख एवं सुविधाएं निस्संदेह सुखकारी हैं, पर ये अस्थिर और मुर्झा जाने वाले हैं। इसके विपरीत, पवित्रता, बुद्धिमत्ता और ज्ञान अपेक्षाकृत अधिक सुखदायक हैं, किन्तु ये कभी परिवर्तित नहीं होते और न मुर्झाते हैं–सदा एक–से बने रहते हैं। संसार में मनुष्य जहां जाता है, वह अपने भौतिक साधनों को अपने साथ ले जा सकता है। पर शीघ्र ही उसे उन पदार्थों से बिछुड़ना भी पड़ सकता है। अब यदि वह उन्हीं साधनों पर पूरी

तरह निर्भर था, और उन्हीं स्थानों पर ही उसका सुख आधारित था तो अब, उनके अभाव में वह बड़ी निराशा व खोखलापन महसूस करेगा। किन्तु जिस व्यक्ति ने आध्यात्मिक पदार्थों को प्राप्त कर लिया है, वह अपने सुख के भण्डार से कदापि वंचित नहीं रहेगा–उसे उनका साहचर्य कभी छोड़ना नहीं पड़ेगा, और संसार में जहां कहीं भी वह जाएगा, वह अपनी आध्यात्मिक उपलब्धियों को अपने साथ रख सकेगा। आनन्द की पूर्णता ही उसका आध्यात्मिक लक्ष्य होगी।

जिस व्यक्ति ने अहंकार का त्याग करके निःस्वार्थ जीवन प्राप्त कर लिया है, सच्चे अर्थों में, चरम आनन्द और सफलता का वही भागी होता है। ऐसा व्यक्ति अपने जीवन को चरितार्थ कर लेता है। इसीको निर्वाण कहा जा सकता है। उसका परमात्मा से साक्षात्कार हो जाता है।

जिस व्यक्ति ने अपने हृदय से लोभ-लालच, अधिकार-लिप्सा, घृणा-ईर्ष्या आदि दुर्वृत्तियों को निकाल बाहर किया है, जो स्वार्थ की छाया से बिलकुल परे है, जो राग–द्वेष के बिना, सबको अपार श्रद्धा और प्रेम के साथ देखता है, उसीने वास्तव में जीवन को सफल किया है, उसीने सच्ची सफलता प्राप्त की है, वही व्यक्ति दरअसल अपने चरम लक्ष्य तक पहुंच सका है, जो उससे कभी छिन नहीं सकता। क्योंकि यही स्थिति जीवन की समग्र, शान्ति की पूर्ण, परम आनन्द की चरम स्थिति है।

सफलता के ये हैं कुछ सोपान, जिनपर आप धीरज और सच्ची लगन से, एक-एक करके, चढ़ने का अभ्यास करें तो कोई आश्चर्य नहीं कि आपका जीवन के प्रति दृष्टिकोण ही बदल जाए, और आपके अन्दर फिर से नई आशा व नया विश्वास जाग उठे।

•••